novum eco

D1872429

Sandra M. Paul

Die Sandulusse

novum eco

Handlung und Namen dieses Buches sind frei erfunden, jedwede Ähnlichkeit wären reiner Zufall.

Dieses Buch wurde digital nach dem neuen „book on demand" Verfahren gedruckt. Für den Inhalt und die Korrektur zeichnet der Autor verantwortlich.

Printed in the European Union
ISBN 978-3-85251-884-8

Gedruckt auf umweltfreundlichem, chlor- und säurefrei gebleichtem Papier.

www.novumeco.com

Eigentlich fing alles damit an, dass ich eine Brille bekommen habe.
Ich wollte keine Brille, ich fand mich ohne schöner.
Aber nachdem mir meine Mutter nicht mehr abnahm, dass alle Lehrer schlecht schreiben, ich konnte nämlich die Schrift an der Tafel nicht richtig erkennen, schleppte sie mich kurzerhand zum Optiker, und was kam heraus: Ich sollte mit Nasenfahrrad herumlaufen.
Das Gestell durfte ich mir selbst aussuchen, schön bunt, und die Erwachsenen meinten alle, ich würde prima aussehen. Ich zweifelte an Ihrer Ehrlichkeit, ich wollte einfach keine Brille.
Dabei hatte ich es schon schwer genug mit roten Haaren und Sommersprossen und jetzt auch noch mit einer Brille.
Natürlich konnte ich mit Brille besser sehen, das musste ich zugeben. Aber ich konnte unmöglich mit einer Brille in die Schule kommen, schon deshalb nicht, weil meine Freundin Ursel eine trug.

Wenn ich mal Wut auf sie hatte, dann konnte ich sie prima Brillenschlange nennen, so als letztes gehässiges Argument, was sollte ich denn jetzt sagen, wenn ich selbst eine war?
Ich war wütend aber noch mehr bekümmert.
Am ersten Brillenschultag ging ich morgens gehorsam mit der Brille auf der Nase unsere Allee entlang in Richtung Schule. Meine Mutter schaute mir nach, und dann musste ich sie natürlich aufbehalten. Ich war extra früher als sonst losgegangen, um schon vor der Schule zu stehen, wenn die anderen ankamen. Das war mir angenehmer, als wenn alle schon dastanden, und ich käme an, und die anderen würden blöd glotzen.
Als ich mir beim Gehen noch so überlegte, wie ich meine Brille als so etwas Tolles, Einmaliges anpreisen könnte, sah ich in der Ferne Toni, Anton Labuda, diesen Vogel, der mich ständig ärgerte.
Meine Schritte wurden merklich langsamer, und dann hatte ich die Lösung- ich würde heute gar nicht zur Schule gehen. Meine Mutter war schon zum Dienst, mein Vater zur Arbeit, wer konnte mich kontrollieren? Ich werde mir bei diesem herrlichen Wetter einen schönen Tag im Wald machen, und wenn meine Oma mittags zu ihrem Kontrollbesuch erschien, war ich längst

wieder zu Hause. Sollte sie was wegen Schule fragen, würde ich ihr erzählen, dass mir schlecht geworden war.
Ich verstaute erst einmal meine Brille im Rucksack, und dann ging ich in den Wald.
Wir wohnten direkt daneben, und ich kannte in näherer Umgebung jede Ecke.
Zielstrebig ging ich zu meinem Lieblingsflecken in der Nähe des Maiplatzes. Da gab es eine alte Ruine, die ganz mit Moos und Gras überwachsen war, umrahmt von Himbeer- und Brombeersträuchern. Hier spielte ich mit meinen Freunden oft Ritter und Burgfräulein. Als Burgfräulein hieß ich Amalie, Emily auf Englisch, weshalb mich Toni Labuda oft genug Emil nannte, was mich fuchsteufelswild machte, und er mich dann raubte und in den Hungerturm sperrte, einem Loch zwischen Himbeer- und Brombeersträuchern. Und alle waren dann auch immer der Meinung, wenn er mich geraubt hätte, müsste ich auch in dem so genannten Turm bleiben, und ich hatte dann immer meine Wut.
Und wenn ich jetzt noch eine Brille hätte, der Toni würde sich vor Schadenfreude totlachen. Außerdem denke ich, dass Burgfräulein keine Brillen trugen, jedenfalls habe ich noch auf keiner Zeichnung oder keinem Bild eine gesehen.

Jetzt träumte ich vor mich hin, baute mir ein Bett aus Gras und Moos und lies mich darauf nieder, um ritterlich zu speisen, was bedeutete, dass ich meine Schulbrote aufaß.
Aber allein in einem erträumten Ritterschloss zu sitzen machte irgendwann keinen Spaß. Ich klappte meine Brotbüchse zu, setzte meinen Rucksack auf den Rücken und schlenderte nach Hause. Zu Hause stellte ich meinen Rucksack in mein Zimmer, suchte mir ein bisschen Kreide, um mein Gesicht zu weißen, damit ich bleich und kränklich aussah, wenn meine Oma kam, und dann wollte ich mir neue Schulbrote machen. Die von Mutter Geschmierten hatte ich doch im Wald verdrückt, und als Kranke hat man ja bekanntlich keinen Appetit.
Ich öffnete meine Brotdose, und igitt!.., da hatte ich doch eine rote Waldameise mit nach Hause gebracht, eine ziemlich große.
Ich schüttete sie ins Abwaschbecken und versuchte, sie hinunterzuspülen, aber es wollte mir nicht gelingen, es war, als hielte sie sich irgendwo fest. Ich versuchte sie mit dem Finger zu schubsen, aber da rannte sie schon an meinem Finger entlang auf meinen Handrücken.
Na gut, dachte ich, wenn du so am Leben hängst, sollst du es behalten und ich wollte sie auf dem

Balkon in die Freiheit befördern. Ich schüttelte meine Hand über der Brüstung, und plötzlich hörte ich „Neeeein, nein ...!“ Ich blieb wie angewurzelt stehen, es hatte doch jemand gerufen? Toni würde sagen, ´dir hat die Sonne im Wald das Gehirn aufgeweicht!
Aber sobald ich meine Hand mit der Ameise über die Balkonbrüstung hielt, hörte ich diese Angstschreie. Da durchfuhr es mich blitzartig, wieso rote Ameisen im Wald? Da sind doch immer Schwarze!?
Ich rannte mit der Ameise auf der Hand in mein Zimmer und suchte, die Hand immer vorgestreckt, mit der anderen im Rucksack nach meiner Brille. Ist doch Mist, wenn man nicht richtig sehen kann. Vor Aufregung klemmte ich mir die Brille schief ins Gesicht, aber was ich dann sah, hätte mich bald neben den Stuhl setzen lassen. Auf meiner Hand war keine Ameise, auf meiner Hand saß ein kleines Männchen.
Runder Kopf mit roten Haaren, Kulleraugen, rüsselähnliche Nase, kleiner Körper und fadenähnliche Arme und Beine. Meine Hände begannen zu zittern. Ich nahm einen Bleistift und piekte dieses Wesen an.
„Au!“ schrie es, und wackelte mit seiner Nase. Es konnte sprechen, in meiner Sprache. Hilfe,

was mache ich bloß? Überraschung und Furcht bemächtigten sich meiner und mir war gar nicht wohl in meiner Haut. Ich werde es ins Klo schmeißen und runterspülen.
Aber noch während ich auf dem Weg zur Toilette war schrie das Kerlchen aus Leibeskräften „Bitte nicht, bitte nicht!“ als ahnte, was ich vorhatte, und seine steil aufragende lange Nase zitterte wie eine Pappel im Wind.
Na gut, dachte ich, ich lasse es noch leben, aber ich will es auf jeden Fall von meiner Hand schütteln. Und so ging ich in mein Zimmer, und setzte es auf den Schreibtisch, da konnte ich es ja immer noch mit meinem Lineal abmurksen. Es ist doch oftmals so, dass man vor Unbekanntem Angst hat, und ist es auch noch so klein.
Verunsichert fragte ich „wer bist du denn?“
„Monka“ hörte ich es zurückpiepsen, „ich bin Monka, der tapfere Späher, ich bin ein Sandulus.“ Und die kleine Nase reckte sich stolz in die Höhe.
„Sandulus?, noch nie gehört und gesehen, wo kommst du denn her?“ Ich hatte den Eindruck, als gucke er etwas verächtlich „aus dem Wald. Schon ewige Jahre leben wir dort, aber ihr Menschen seid ja so laut und trampelig, ihr nehmt uns nicht wahr.“

„Na, na, na“ sagte ich leicht beleidigt, „ich bin nicht laut und trampelig.“ Ich hatte Lust, ihm eine mit dem Lineal zu verpassen. Aber dann wäre diese Abenteuer wirklich schlagartig beendet, und darum fragte ich ihn „wieso heißt du Monka, der tapfere Späher, spähst du etwa uns Menschen aus?“
„I wo“, er machte eine gleichgültige Handbewegung. „Euch Trampelinos beraucht man nicht auszuspähen.“
„Trampelinos, was soll denn das?“ Ärgerlich schubste ich ihn mit dem Bleistift, „wir sind Menschen.“
„Das mag ja sein“, sagte er schnippisch, „bei uns seid ihr Trampelinos.“
„Na aber, nach wem spähst du dann aus?“ Ich piekte ihn wieder mit der Bleistiftspitze, worauf er seine Nase einrollte und gar nichts mehr sagte.
„Na komm“, bat ich versöhnlich, erzähl mal von Dir.“ Und ich hauchte ihn an, weil ich dachte, mein warmer Atem würde ihm gefallen. Nach einer Weile rollte er wirklich seine Nase aus „hör auf, mir wird zu warm.- Nach den Wummelwürmern habe ich immer gespäht,“ er seufzte, „aber das brauche ich jetzt nicht mehr, sie sind nicht mehr unsere Feinde.“

„Eure Feinde“, lachte ich, „das erkläre mir mal, du Mücke, welche Feinde ihr habt“, mir war das alles sehr verworren.
„Natürlich haben wir Feinde“, er reckte seine Rüsselnase kampfeslustig in die Höhe, um sich dann zu verbessern „gehabt, wir haben welche gehabt.“
Ich wurde immer aufgeregter und neugieriger „erzähl mal ...!“
„Na jaaa ...“ zierte er sich ein bisschen.
„Na los, fang an, ich habe Zeit und höre dir zu.“
Ich lümmelte mich in meine Kuschelecke und setzte den Sandulus auf einen Teddy, damit er es auch bequem hatte.
„Na gut“, meinte er nach einigem Überlegen, „wenn du mir versprichst, mich noch heute in den Wald zurück zu bringen, dann erzähle ich“. Er schaute mich erwartungsvoll an
„Mach ich, mach ich glatt“, meine Neugier war zu groß, und ich hätte alles versprochen, und dann begann er:

„Also, wir Sandulusse leben ähnlich wie ihr Menschen auch, aber wir sind fröhlicher, und er drehte mit seiner Nase Spiralen, dass ich lachen musste. „Und bei uns gibt es ein wunderbares, ungeschriebenes Gesetz, es wird nicht geschla-

gen. Vielleicht können wir das auch gar nicht. Wie du siehst, haben wir Arme, die zart sind wie die Fäden eines Spinnennetzes. Mit unseren kleinen, dünnen Beinen sind wir sehr flink, aber am Schönsten, denke ich, sind unsere Nasen, mit denen wir fast alles machen können. So eine Nase ist sehr praktisch. An ihr kannst du erkennen, wie es einem Sandulus gerade geht. Ist er traurig, hängt sie herunter, ist er lustig, dreht er sie wie eine Spirale oder reckt sie stolz in den Himmel. Ist ein Sandulus aufmerksam, steht die Nase aufrecht wie eine Pfeilspitze. Wenn einer einen anderen Sandulus gut leiden kann, dann verknotet er seine Nase mit seinem Gegenüber, und wenn er jemanden überhaupt nicht mag, rollt er seine Nase einfach ein. Ich habe es am liebsten, mich mit meiner Nase an einen Ast zu hängen und zu schaukeln.
Und natürlich finde ich auch unsere Haare wunderschön. Es gibt rote, gelbe, grüne, lila, blaue, schwarze, wie man es wünscht, so wachsen sie. Ich habe mir rote gewünscht. Wenn man sich eine andere Haarfarbe wünscht, muss man eine Woche warten, dann wächst die neue Farbe.

Aber ich denke, ich sollte dir mal von unserer berühmtesten Familie erzählen, den Brösels.

Denen war nämlich etwas passiert, was vieles bei uns verändert hat.
Zu der Familie gehören der Vater Erwin, die Mutter Tula und die Kinder Dilla und Dulla, die Zwillinge sind.
Der Vater arbeitet an der großen Festungsmauer, die unser kleines Reich umgibt und es vor Stürmen und dem größten Feind, den Wummelwürmern, schützen soll. Die Mutter Tula hilft dort auch, und die Kinder Dilla und Dulla gehen in die Schule.
Die beiden gehen gern in die Schule, denn sie haben dort viele Freunde, und außerdem wollen sie tüchtige Sandulusse werden. Im Sandulusreich strebt man besonders danach, ein großer Apfelzüchter zu werden. Unsere Äpfel machen klug und stark und ihr Genuss ist köstlich. Besonders glücklich sind die Familien, die einen Regenbogenapfelbaum in ihrem Garten stehen haben. Das sind große, knorrige Bäume, die 100 Jahre und älter werden. In den Bäumen lässt es sich wunderbar klettern. Ihre großen Blätter spenden herrlichen Schatten, und die Früchte schmecken herrlich, wie prickelnde Fruchtlimonade.
An manchen Sonnentagen kann man in den Baumkronen ganze Scharen von Sandulussen

sehen, die ein Schwätzchen halten oder einfach so dasitzen und träumen.
Bei klarem Wetter hat man einen wunderbaren Ausblick ins Land, und die ganz Mutigen recken mitunter ihre fröhlichen Rüsselköpfe und wagen einen Blick über die Festungsmauer in den fernen, dunkelgrünen Wald, in dem die Wummelwürmer leben sollen.
Bis zu jenem Tag hatte kein Sandulus je das Reich der Wummellwürmer betreten. Von Generation zu Generation wurde erzählt, sich vor den Wummelwürmern zu hüten, weil es vorkam, dass sie sich gefräßig in das Reich der Sandulusse begaben, um sich an den Regenbogenäpfeln zu laben. Und mit ihren großen, schlangenähnlichen Körpern zerstörten sie dann rücksichtslos alles, was sich ihnen in ihrer blinden Gier in den Weg stellte.

Lange wusste man nicht, uns gegen die Wummelwürmer zu wehren, bis der famose Professor Rulfi herausgefunden hatte, dass die Wummelwürmer ihren Bauchnabel auf dem Rücken haben, also einen Rückennabel besitzen, und wenn es einem gelingt, auf die Wummelwürmer zu klettern und den Nabel zu kitzeln, lachen sie sich tot. Natürlich ist es für einen fadenarmigen

Sandulus nicht einfach, auf einen Wummelwurm zu krabbeln und den Nabel zu kitzeln. Mit langen Stöcken, heldenhaftem Mut und immer neuen Nabelkitzeltechniken verteidigten wir unser kleines Reich.

Dilla und Dulla lernten fleißig, auch den Kampf gegen die Wummelwürmer. Dilla ist ruhig, sie überlegt, bevor sie Entscheidungen trifft. Mit ihren dunklen Haaren und braunen Augen blickt sie sanft in die Welt. Die meisten Sandulusse können sich nicht erinnern, sie jemals zornig gesehen zu haben.
Ihre Schwester Dulla ist da aus ganz anderem Holz. Sie ist fröhlich und kess. Die Sandulusse lassen sich gern von ihrer Fröhlichkeit anstecken. Die beiden Schwestern mögen sich sehr, vielleicht gerade deshalb, weil sie beide in ihrer Art so unterschiedlich sind.

An jenem sonnigen Tag also saßen die Zwillinge mal wieder in der Schule und lauschten ihrer Lehrerin, die über die Wummelwürmer sprach und darüber, wie man sich ihnen gegenüber verhalten soll, falls diese wieder ins Land kämen, um von den Äpfeln zu naschen, denn die Apfelernte stand bevor. Beim Anrücken der

Wummelwürmer sollten sich die Frauen und Kinder der Sandulusse in den Häusern verstecken, nicht in den Gärten aufhalten und die Nähe der Apfelbäume meiden.

„Packt eure Bücher ein, der Unterricht ist beendet. Bei dem schönen Wetter wollen wir zur Festungsmauer gehen, um dort mitzuhelfen, denn sie soll um zwei Steinbreiten erhöht werden.

„Schade“, maulte Dulla, „dann können wir selbst vom höchsten Regenbogenapfelbaum fast nicht mehr in den Wummelwald sehen“, widerstrebend erhob sie sich von ihrem Stuhl.

„Lass nur“, beschwichtigte sie Dilla, „ich möchte lieber in Sicherheit leben, als einen Wummelwurmüberfall auszuhalten.“

„Du kennst die Wummelwürmer gar nicht“, maulte Dulla trotzig weiter. „Ich hätte jedenfalls gern mal so einen Wummelwurm kennengelernt, und jetzt wird die Mauer so hoch gebaut, dass man nicht mehr ihren Wald sehen kann, nicht einmal von unserem höchsten Baum aus.“ Dulla rollte schmollend die Nase ein.

An der Festungsmauer trafen sie ihren Vater. „Na Dulla, du rollst dein Näschen ein, magst wohl mal wieder nicht arbeiten was? Komm, beteilige dich.“

„Ach Papa“, meinte Dulla traurig“ nicht mehr trotzig, „mich versteht keiner.“
Sie rollte ihre Nase aus und begann widerstrebend die anderen Steine zuzureichen. Dabei dachte sie an die Wummelwürmer und wie gerne sie mal einen sehen würde. Wie das so ist, Verbotenes macht neugierig und Lust darauf.

Es gab nicht mehr viele Tage, und die große Apfelernte wurde erwartet. “Morgen ist es soweit“, meinte Mutter Tula, „wir können unsere Regenbogenäpfel vom Baum holen und im Apfelschuppen lagern.“
Alle freuten sich, denn nach getaner Arbeit würde es ein Fest geben mit Lagerfeuer, Apfelschmaus und singen. Fröhlich zogen sich am nächsten Morgen die Zwillinge an. Die Sonne strahlte wie bestellt vom Himmel und die Äpfel leuchteten verlockend in allen Farben aus dem Laubwerk. Die Eltern arbeiteten bereits im Schuppen und hatten für Dilla und Dulla Leitern an den Apfelbaum gestellt, damit die Mädchen leichter in die Baumkrone klettern konnten.
Eifrig schwangen sie sich in die Wipfel. Dilla begann sogleich emsig mit dem Pflücken. Dulla musste sich erst einmal vergewissern, ob die Äpfel wirklich so köstlich waren, wie alle annah-

men. Hm ..., der Apfel schmeckte, und sie verschmatzte gleich noch einen Zweiten. Während sie aß, begrüßte sie fröhlich mit der Rüsselnase winkend ihre Nachbarn, die auch bei der Apfelernte waren.

Dulla zwickte der Übermut, und sie kitzelte ihrer Schwester die Füße. „Hör auf Dulla, sonst falle ich“ rief Dilla lachend, und dann kletterte sie in die höchste Spitze des Baumes, um vor den Neckereien der Schwester sicher zu sein. Sie hatte jetzt einen herrlichen Ausblick und reckte ihre lange Nase glücklich in die Sonne. Doch was war das? Ihr Blick glitt über die Festungsmauer. Am Waldrand bewegte sich etwas. „Dulla“ hauchte sie erschrocken, „komm doch mal hier hoch und schau zum Waldrand hinüber, kannst du genau erkennen, was das dort hinten ist?“ Dulla kletterte neben die Schwester „ich weiß nicht sicher, vielleicht Wummelwürmer?“ spöttelte sie. Dillas Nase begann vor Angst zu zittern. Hurtig wie der Wind kletterte sie aus dem Apfelbaum und rannte in den Schuppen. „Mama, Papa“, schluchzte sie ängstlich und schmiegte sich an die Mutter, „die Wummelwürmer kommen.“

Vater Erwin schaute seine Tochter zweifelnd an, begab sich dann aber selbst in die Baumkrone,

um die Aussage seiner Tochter mit eigenen Augen zu überprüfen.
Tatsächlich, dort am Waldrand bewegten sich gemächlich Wummelwürmer auf das Reich der Sandulusse zu. „Alarm" schrie der Vater „Alarm, die Wummelwürmer kommen!"
Wie ein Lauffeuer verbreitete sich die Nachricht. Frauen und Kinder versteckten sich in den Häusern, und die Männer bewaffneten sich mit Holzstöcken und gingen zur Festungsmauer, um die Wummelwürmer vor ihrem Eindringen in das Sandulusreich abzuhalten.
„Ich kann auch kämpfen", meinte Dulla „Papa, bitte nimm mich mit." Ihre Neugier war größer als die Angst. Aber der Vater forderte, sie solle gut auf das Haus aufpassen und ihre Schwester trösten, die mit angstgeweiteten Augen den Geschehnissen entgegensah. Dulla schlenkerte unschlüssig mit ihrer Nase, aber sie fügte sich dem Vater und verknotete tröstend ihre Nase mit der Zitternden von Dilla.

Sie versteckten sich mit der Mutter im Wohnzimmer und lauschten ängstlich nach draußen. Dulla kam es vor, als schlüge ihr Herz lauter als eine Kirchturmglocke und sie knotete ihre Nase ganz fest an die von Dilla, deren ganzer Körper zitterte.

Nach einer ganzen Weile hörten sie ein Kriechen und Knacken und angstvolle Schreie und dazwischen das keuchende Lachen der Wummelwürmer, wenn ein Sandulus es geschafft hatte, mit Hilfe des Stockes auf einen Wurm zu klettern und den Nabel zu kitzeln, damit der Wummelwurm sich totlacht. „Bitte lass es bald vorbei sein, lass es vorbei sein“ flehten die Zwillinge inständig. Die Mutter konnte sie nur hilflos an sich drücken, auch sie hatte Angst.

Niemand wusste später, wie lange dieses Gezänk gedauert hatte. Den Sandulussen in ihren Verstecken kam die Zeit unendlich vor, aber auf einmal war es still. Die Mutter horchte, und wollte schon die Tür einen Spalt breit öffnen, um einen Blick ins Freie zu werden, da hörten sie ein leises, schlurfendes Geräusch. Die Zwillinge drängten sich angstvoll in ihre Ecke, und die Mutter verharrte in ihren Bewegungen. Knarrend wurde schwerfällig die Tür geöffnet. Durch das hereinflutende Sonnenlicht konnte man gar nicht gleich erkennen, wer draußen stand. Aber alle atmeten erleichtert auf, als sie die vertraute Stimme des Vaters hörten. „Na ihr, der Spuk ist vorüber“ und hinkend kam er ins Haus.

Die Mutter und die Zwillinge liefen auf den Vater zu, froh, ihn wieder bei sich zu haben. „Drei Wummelwürmer haben sich totgelacht erzählte er müde und traurig. „Zwei Wummelwürmer sind gar nicht erst über die Festungsmauer gekommen. Die anderen Männer begraben die Würmer gleich. Ich bin nach Hause gegangen, weil ich mir den Fuß verletzt habe und meine Nase schmerzt auch.
Erst jetzt sah die Familie, dass der Vater auf der Nase blutete. „Irgendjemand hat im Eifer des Gefechtes seinen Stock darauf geschlagen, als er den Nabel des Wummelwurmes kitzeln wollte. Aber es wird wieder heilen“ beruhigte der Vater sich und seine Familie.

Und wie sieht es draußen aus?“ wollte Mutter Tula wissen.
„Na da, dort wo die Wummelwürmer entlang gekrochen sind, natürlich schrecklich. Selbst unser schöner Regenbogenapfelbaum hat etwas abbekommen, dabei habe ich die Wummelwürmer gar nicht hierher kriechen sehen. Aber es ging ja auch alles so schnell“ seufzte der Vater. Erschöpft setzte er sich an den Tisch, wohin ihm die Mutter eine Tasse mit starkem Kaffee stellte, damit er sich stärken konnte.

Dilla und Dulla hockten sich neben ihn, weil sie hofften, dass er noch etwas Interessantes erzählen würde. Doch der Vater schaute sie müde lächelnd an und meinte „es ist doch traurig, so ein Kampf. Aber die Wummellwürmer kommen einfach hierher und machen alles kaputt. In kurzer Zeit die Arbeit eines ganzen Jahres.“ Dilla streichelte ihren geschundenen Vater und Dulla meinte zaghaft „Papa, ob nicht jemand mit den Wummelwürmern sprechen könnte? Ich meine, sie wollen doch nur ein paar Äpfel haben, und wenn wir ihnen welche schenken könnten, würden sie sicherlich nicht herkommen, sich einfach welche nehmen und alles zerstören.“

„Und ich meine“ sagte Mutter Tula, dass ihr euch so langsam fürs Bett fertig macht. Morgen wird geschaut, wie draußen alles aussieht. Sicherlich gibt es viel Arbeit, und da müsst ihr mit zupacken, also solltet ihr gut ausgeschlafen sein.“

Dilla und Dulla folgten der Mutter und machten sich fürs Zubettgehen fertig. Es dauerte schon eine Weile, ehe sie zur Ruhe kamen, der Tag war ja auch zu aufregend gewesen. Bald hörte Dulla Dillas das regelmäßige Atmen der Schwester, sie war eingeschlafen.

Nur sie selbst grübelte noch darüber nach, warum der Regenbogenapfelbaum, den sie vom Fenster aus sehen konnte, auf der einen Seite so merkwürdig kahl aussah ...

Am nächsten Tag machten sich alle daran, die Schäden des Überfalls zu beseitigen. Von den tot gekitzelten Wummelwürmern war nichts mehr zu sehen, sie waren längst eingegraben. Aber die großen Rillen, die ihre mächtigen Leiber in den Boden gezogen hatten, waren beängstigend für die zarten Sandulusse.
Vater Erwin war trotz schmerzenden Fußes und verletzter Nase zur Festungsmauer gegangen, um bei der Beseitigung der entstandenen Schäden zu helfen. Im eigenen Garten wollten die Mutter und die Zwillinge für Ordnung sorgen. Sie schnitten die abgebrochenen Äste des Apfelbaumes, harkten und legten die verwüsteten Wege wieder neu an. „Nur gut, dass wir diese Ungeheuer nicht gesehen haben“, meinte Dilla zur Mutter. „Ja, wollen wir hoffen, dass wir in diesem Herbst vor ihnen Ruhe haben.“

Nach dem Mittagessen lief Dulla zur großen Wiese, die hinter dem Garten lag. Sie wollte ein Buch lesen, das ihr Freund Pütti ihr geliehen

hatte. Zufrieden legte sie sich in das duftende Pflanzenmeer und reckte und streckte sich.
Als sie herzhaft in einen Regenbogenapfel biss, hörte sie ein leises Schnaufen. Ruckartig setzte sie sich auf. Doch sie konnte nichts entdecken. Vorsichtig biss sie wieder in den Apfel ..., und da war es wieder, dieses Schnaufen. Langsam beschlich Dulla ein ängstliches Gefühl. Schnell warf sie den Rest des Apfels in weitem Bogen von sich. Da hörte sie es wieder. Ihre Nase stand starr vor Schreck. Aber diesmal war es kein Schnaufen, sondern ein wohliges Schmatzen. Dulla wollte davon laufen, doch ihre Beine versagten ihr den Dienst. „Oh Mama“ flüsterte sie ängstlich, ihre Nase zitterte jetzt wie ein Halm im Wind. Sie hockte sich hin und machte sich ganz klein, um von niemandem gesehen zu werden, und dann hörte sie ein Seufzen. Ihr kleiner Körper zitterte immer stärker. Vorsichtig wollte sie sich wegschleichen, aber irgendwie zogen sie diese seltsamen Töne in ihren Bann. Dulla wagte kaum zu atmen und spürte ihren Herzschlag bis in die Nasenspitze. Sie machte zwei zaghafte Schritte, und dann sah sie hinter einem Ginsterbusch etwas großes Braunes liegen. „Ein Wu-wu-wummelwurm“ stotterte sie aufgeregt und hilflos. Sie hatte noch nie so ein Lebewesen

gesehen, aber es konnte niemand anderes als ein Wummelwurm sein. Ein langer, bräunlicher Körper mit großem, breitem Mund, Stupsnase und kleinen Augen lag dort. Er sah nicht böse oder grimmig aus, sein Blick war genauso ängstlich und fragend wie der von Dulla.

Das sind sie also, diese Wummelwürmer, dachte sie und atmete tief durch. Ganz ohne Furcht war sie nicht, aber sie schritt auf diesen Körper zu, der viel größer und stärker als ihr eigener war, und beäugte ihn neugierig. Dulla reckte ihm die Nase entgegen, um anzuzeigen, dass sie ihm freundlich gesonnen war. Auch er zeigte Freundlichkeit, indem sich in seinem Gesicht ein zaghaftes und zugleich hilfloses Grinsen breitmachte.

Hey“ sagte sie leise, blieb aber vorsichtshalber in angemessener Entfernung stehen. Der Wummelwurm schnaufte und blähte seine Nasenflügel auf. Seine Augen blickten fragend zu Dulla.

„Hey“ sagte sie wieder, „was machst du denn hier?“ Wieder kam nur ein Schnaufen. „Ich bin Dulla, und du?“ keine Antwort.

Dulla war hin- und her gerissen von dem Wunsch, auf den Wummelwurm zuzugehen oder davon, vielleicht doch lieber fort zu laufen, um allen die Neuigkeit zu verkünden. Was sollte man mit dem Wummelwurm machen!?

Die Entscheidung wurde ihr durch das Rufen der Mutter abgenommen, der sie bei der Vorbereitung des Abendessens helfen sollte.

Die Familie spürte ihre Aufregung, aber die Eltern führten das auf die letzten Geschehnisse zurück. „Schlaf dich heute gut aus Mädchen, morgen geht die Schule wieder los, und ängstige dich nicht mehr, die Sache mit den Wummelwürmern ist erst einmal vorüber."

Dulla verabschiedete sich bald für die Nacht. Aber vor dem Einschlafen dachte sie an etwas Braunes. Ob er sich wohl fürchten wird, der Wummelwurm, da draußen so ganz allein in der Dunkelheit, oder ob er hergeschlichen kommt? Sie gruselte sich und hätte ihr Wissen gern Dilla erzählt, aber die hätte in ihrer panischen Angst sicherlich gleich alles den Eltern berichtet, und Dulla wollte den Wummelwurm noch für sich behalten. Sie hatte den unbedingten Wunsch, ihn näher kennenzulernen. Hoffentlich bleibt er dort liegen und ich kann morgen noch einmal mit ihm reden. Und mit diesem festen Vorsatz und Wunsch schlief sie ein.

Am nächsten Tag kam sie ganz aufgeregt aus der Schule und lief sofort zum Ginsterbusch, immer auf der Hut, dass sie keiner aus der Familie entdeckte.
Dilla hatte sie erzählt, dass sie ihr Buch im Gras vergessen hätte.
Und da lag er noch, der Wummelwurm, teilnahmslos sah er Dulla an. Er wird doch nicht krank sein, dachte sie erschrocken.
Er wird Hunger haben, fiel ihr ein, na klar, das war es. Eilig rannte sie zum Schuppen, füllte einen Korb mit Äpfeln und kam zum Wummelwurm zurück. Vorsichtig legte sie die Früchte vor seinen Mund, und gierig verspeiste er alles. „Mann, kannst du was verputzen, da hätte ich den ganzen Tag zu tun" rief Dulla. Der Wummelwurm lächelte. Dulla dachte, dass er noch viel mehr essen könnte, aber wie sollte sie das bewerkstelligen? So viele Äpfel konnte sie nicht herbeischaffen, ohne dass die Eltern etwas bemerkten.
Doch auch am nächsten Tag klappte es noch einmal so gut, und wieder lächelte der Wummelwurm. „Nun sprich endlich einmal mit mir und sage, was du noch hier machst" beharrte Dulla. „Wenn die anderen Sandulusse dich finden, wird man dich bestrafen. Ihr Wummelwürmer

kommt nämlich hierher und macht uns immer alles kaputt."

Der Wummelwurm guckte sie verständnislos an, dann sprach er mit tiefer Stimme „wir wollen euch nichts kaputt machen, wir wollen nur die Äpfel essen. Ich liege hier, weil die Großen mich nicht mitnehmen wollten, da bin ich einfach hinterher geschlichen. Aber dann habe ich gemerkt, dass ihr uns keine Äpfel geben wollt und ihr uns tot kitzelt. Da habe ich Angst bekommen und mich versteckt. Und nun ist die Mauer wieder verschlossen, zu hoch und zu groß für mich und ich kann nicht mehr zurück in den Wummelwald." Er seufzte und blickte traurig und Dulla seufzte auch, was nun? Allein würde sie das Problem nicht lösen können, sie musste es einfach den Eltern sagen.

Als die Familie am Nachmittag versammelt war, fasste Dulla sich ein Herz und fragte so ganz nebenbei, was sie machen würden, wenn jetzt ein Wummelwurm im Garten wäre. Die Mutter guckte erschrocken, und der Vater meinte, „na, da brauchst du doch wohl nicht zu fragen" und er blickte viel sagend seinen Kitzelstock an.

„Du immer mit deinen verrückten Ideen", Dilla schaute ärgerlich auf die Schwester. Dulla senkte den Kopf, „wir haben einen Wummelwurm im Garten, einen kleinen“ sagte sie leise. Augenblicklich war es totenstill im Raum. „Wiederhole das!“ forderte der Vater streng. „Wir haben im Garten einen Wummelwurm“ erklärte Dulla kläglich. Der Vater stand auf und griff nach seinem Kitzelstock.

„Papa, Papa, bitte nicht den Stock, er ist noch klein und tut niemandem etwas, ich habe schon mit ihm gesprochen.“

„Du hast was?“ riefen alle drei wie aus einem Munde.

„Ich habe mit ihm gesprochen und ihm auch zu essen gegeben. Er hatte Hunger und er hat auch Angst. “Komm mit und zeige ihn mir“ befahl der Vater. Dulla ging mit ihm in den Garten zum Ginsterbusch, und da sah auch der Vater das braune Wesen. Es schaute ängstlich auf die Ankömmlinge, hilflos war es seinem Schicksal ausgeliefert. Die Mutter und Dilla reckten aus sicherer Entfernung ihre Nasen. „Das müssen wir melden“ verkündete der Vater sachlich, fasste Dulla bei der Hand und ging mit ihr zum Bürgermeister.

Wie es kam, dass sich die Nachricht so schnell verbreitet hatte, konnte später keine mehr sagen. Aber als der Vater und Dulla mit dem Bürgermeister zurückkamen, hatten sich bereits viele

Sandulusse vor dem Haus versammelt und wollten den Wummelwurm sehen.
„Halt!“, forderte der Bürgermeister, „bleibt zurück, ich will mich erst einmal selbst überzeugen, und dann werden wir beratschlagen, wie das hier weitergeht.
Auch Dulla durfte diesmal nicht mit. Nur der Vater und der Bürgermeister gingen in den Garten und betrachteten den Wummelwurm.
Als sie zurückkamen, sagten sie trotz heller Aufregung bei den Sandulussen nichts zu den Anwesenden. Mit ernsten Mienen gingen sie ins Rathaus und beriefen eine Ratsversammlung ein.
Die Sandulusse waren gespannt, welche Entscheidung der Rat treffen würde. Vom Eingraben bis hin zum Totkitzeln oder sogar Kriechenlassen wurde alles diskutiert. Aber eine Einigung wurde nicht erzielt. Die endgültige Lösung sollte erst am nächsten Tag gefällt werden.
Als der Vater nach Hause kam, wartete besonders Dulla, was er zu berichten hatte. „Es ist noch nichts entschieden“ wollte er die quälenden Fragen beenden. Aber Dulla wollte sich damit nicht zufrieden geben. „Papa, warum soll der Wummelwurm eingegraben oder tot gekitzelt werden? Er hat uns doch nichts getan, außer einige Äpfel von unseren Bäumen zu essen.

Sie haben keine Regenbogenäpfel in ihrem Reich, hat mir der Wummelwurm erzählt, und sie haben Hunger. Und in manchem Jahr haben wir so viele Äpfel, dass wir sie gar nicht aufessen können. Warum sollen wir nicht abgeben, was wir zu viel haben? Und wenn sie kommen, und sie einfach nehmen, dann wissen sie vielleicht nicht, dass man so etwas bei uns nicht macht. Vielleicht kann bei ihnen jeder von jedem alles nehmen. Wir wissen nichts voneinander, wir haben doch nie miteinander gesprochen.
„Dulla haspelte eilig einige Sätze runter und wollte noch weiterreden, aber der Vater unterbrach sie „es ist genug, so etwas entscheiden Erwachsene“ Dulla stiegen die Tränen in die Augen „Papa, tut ihm nichts, bitte!“ flehte sie, „auch Wummelwürmer haben Eltern und Wummelwürmer können auch weinen“, und dann stürmte sie aus dem Zimmer.

Am nächsten Morgen gab es eine große Ratsversammlung, die länger dauerte als jede andere. Als der Vater nach Hause kam, erwarteten ihn viele Sandulusse und seine gespannte Familie. „Also“, sprach der Vater langsam und bedächtig, „der Wummelwurm wird morgen ans Mauertor gebracht und kann in seinen Wald zurück.“

Er schaute dabei viel sagend auf Dulla „wie wir in Zukunft weiter mit ihnen verfahren, müssen wir später beraten. Dulla fiel dem Vater weinend und lachend dankbar um den Hals. Auch Dilla und Mutter Tula waren froh, dass der Wummelwurm auf diese Art und Weise aus dem Garten verschwand.
Dulla fragte gleich die Mutter „Mama, darf ich ihm noch mal Äpfel hinbringen?“ Na gut, es werden ja wohl die Letzten für ihn sein.“ „In diesem Jahr“ lachte Dulla. Sie füllte eilig den Korb und rannte zum Ginsterbusch. „Wummi“ rief sie, du kannst morgen nach Hause.“ Der Wummelwurm strahlte und verspeiste genüsslich die Äpfel, „Wirklich, ich darf heim?“ „Ja, antwortete Dulla, „meine Familie bringt dich ans Mauertor, damit dir nichts passiert.

Am nächsten Morgen wurde der Wummelwurm von vielen Sandulussen ans Mauertor begleitet. Er schaute ein bisschen ängstlich auf die vielen kleinen Rüsselmännchen und lächelte Dulla dankbar an, weil sie ihn begleitete. Dulla spürte trotz aller Freude Wehmut im Herzen, ihn so ziehen zu lassen. Eine aufkeimende Freundschaft sollte so ein jähes Ende finden? Er war schon fast durch das Tor, als er sich umdrehte, und ihr zurief „ich heiße Klaus, und vielleicht kannst du mich auch einmal besuchen." Dann schob er seinen Körper durch das Mauertor und Dulla schaute ihm nach, bis er in der Ferne im dunklen Wald verschwand. Sie hielt die aufkommenden Abschiedstränen zurück. Ich möchte ihn wieder sehen, nein ich muss, ich muss ihn wieder sehen, waren ihre Gedanken."

Aber ich glaube, das ist schon wieder eine ganz andere Geschichte, sagte Monka schließlich und schaute mich neugierig an.

Ich hatte glänzende Augen bekommen, in unserem Wald lebten Sandulusse und Wummelwürmer. Mensch war das eine Entdeckung. Wenn ich das in der Schule erzähle, bin ich die Größte. Heiße nicht mehr Ritterfräulein Emil, und bekomme nicht mehr all die anderen Namen, mit denen die Jungs mich ärgern, da soll mir mal einer kommen!
„Erzähl weiter", drängte ich den Sandulus.
„Ich brauche mal was zu trinken", bat Monka.
„Trinken, woraus denn, in einer Tasse ersäufst du ja."
„Blöder Trampelino" knurrte der Sandulus und funkelte mich mit seinen Miniaugen an, „schöpf

Wasser in deine Hand, und ich setz mich drauf, ich schlürf dann schon!"

Ich rannte in die Küche und wollte mit dem Wasser in der Hand gerade in meinem Zimmer verschwinden, als die Korridortür aufging, und meine Oma hereinkam.

„Nana, du bist schon zu Hause?" Mein Wasser tropfte langsam auf den Teppich „äh, äh, ja ich glaube, äh, ich fühle mich nicht gut" schwindelte ich schnell.

„Ja, du hast auch ganz glänzende Augen, hast du Fieber?" Sie fasste mir auf die Stirn „komm, wir werden mal messen, und deine Hände sind auch ganz feucht, mit dir stimmt was nicht.

„Nein, ich habe kein Fieber, ich, ich ..." stotterte ich herum.

„Leg dich hin, es wird Fieber gemessen" antwortete die Oma streng.

Ich lag auf meiner Liege mit dem Fieberthermometer unter dem Arm und schielte auf den Sandulus, der in der Hoffnung auf Wasser immer noch auf dem Teddy saß.

Ich war ganz nervös, hoffentlich entdeckt Oma ihn nicht und hoffentlich bleibt er ruhig.

Ich hatte natürlich kein Fieber, aber meine Oma entschied „du bist heute sehr unruhig, auch wenn du kein Fieber hast, bleibst du mal im Bett, vielleicht brütest du was aus."

Ich guckte sie komisch an, was soll ich denn ausbrüten, ich bin doch kein Huhn. Wenn sie doch bloß endlich aus meinem Zimmer verschwinden würde, ich brauchte doch Wasser für den Sandulus.
„Du Oma, ich möchte ein Glas Wasser, ich habe Durst."
„Wasser gibt's nicht, ich werde dir einen Tee kochen."
Pohhhjh, endlich ging sie aus meinem Zimmer. Ich rannte los, unter dem Vorwand, austreten zu müssen, auf die Toilette und konnte endlich in meiner Hand etwas Wasser holen. Ich ließ den Sandulus auf meine Hand krabbeln, und es war niedlich anzusehen, wie er mit seinem Rüsselnäschen trank und trank. „Monka, bleib bloß still, sonst denkt meine Oma, du bist ein Käfer und wirft dich vom Balkon herunter. Am besten wäre, du versteckst dich in den Haaren meiner Puppe, die sind nämlich auch rot, und da fällst du am wenigsten auf."
Etwas widerstrebend ließ er sich dort hineinsetzen „aber vergiss nicht, du willst mich heute noch in den Wald bringen" erinnerte er mich

an mein Versprechen. „Ja, ja“ sagte ich leicht genervt, denn meine Oma war mit einem Glas Tee im Anmarsch.

Da hatte ich nun den Salat, musste bei strahlendem Sonnenschein im Bett liegen, und sollte den Sandulus in den Wald bringen. Wenn meine Eltern erst zu Hause waren, ging es gar nicht mehr, und jetzt bewachte mich angeblich Kranke meine besorgte Oma, Probleme, Probleme ...
Übellaunig guckte ich um Sandulus hinüber, der in den roten Puppenhaaren darauf wartete, wie es hier nun weiter gehen sollte.
„Du“, höre ich eine piepsige Stimme, „was machen wir denn jetzt?“
„Weiß ich doch nicht“, knurrte ich böse, du siehst doch selber, dass meine Oma auf mich aufpasst, was soll ich denn da machen?“
Na, dich anziehen, und mich in den Wald bringen, das ist doch ganz einfach:“
„Mensch, bist du blöd, ich habe dir doch gerade erklärt, dass meine Oma aufpasst, damit ich im Bett bleibe, da kann ich mich doch nicht anziehen und so tun, als wäre nichts geschehen und mit Dir in den Wald wandern, dann würde ja mein ganzer Schwindel auffliegen, das kann ich nicht machen.“

„Aber deine Oma belügen, das kannste, und außerdem benutzt du schlechte Worte, ich bin weder blöd und auch kein Mensch. Ich habe dir auch schon erklärt, ich bin lieber ein Sandulus als so ein lauter Trampelino wie ihr Menschen."
Der Sandulus rollte seine Nase ein, was ein Zeichen seines Unmuts war. Ich fand das so niedlich, dass ich lächeln musste, was ihn dazu veranlasste, mich anzulächeln. „Wann bringste mich denn nun in den Wald?" wagte er einen neuen Vorstoß.
„Verdammt, dass weiß ich noch nicht."
„Du sollst nicht immer so schlechte Worte benutzen."
„Mann, halt den Schnabel oder Rüssel oder was dir da gewachsen ist, du nervst, und das scheinst du nicht zu merken."
„Ich stelle fest, du bist ein sehr unhöflicher Mensch, das macht euch Menschen bei mir nicht gerade beliebter".
„Ach, du alte, rote Wanze, wen interessiert deine Meinung".
„Du beleidigst mich, magst du, wenn man mit dir auch so umgeht?"
„Quack, quack", ich drehte mich verärgert auf die Seite, um nicht immer auf den Sandulus zu schielen.

Als ich dann mal verstohlen zu ihm hinüber schaute, schaukelte er vergnüglich am Puppenzopf, als ob ihm meine schlechte Laune gar nichts anhaben könnte.
„Lass das, du machst die Puppe kaputt."
„Von dem bisschen Schaukeln geht die Puppe nicht kaputt, ich bin jedenfalls nicht übellaunig, sonder vertreibe mir meine Zeit fröhlich, bis du mich in den Wald zurück schaffst." Und der Sandulus schaukelte mit Schwung weiter und seine kleine Rüsselnase flog von links nach rechts.
Ich musste lachen. „Weißt du, Sandulus ...", „... ich heiße Monka" warf er ein, „sofern ich Gelegenheit habe, bringe ich dich bestimmt in den Wald, aber du siehst ja selbst, dass mir augenblicklich die Hände gebunden sind."
„Ich sehe keine gebundenen Hände, ich sehe nur ein übellauniges, rothaariges Mädchen mit lauter Pünktchen im Gesicht, das mir noch nicht einmal erzählt hat, wie es heißt."
Ich schaute ihn verwundert an - was der wissen wollte?
Nach anfänglichem Zögern antwortete ich „ich heiße Isabell, Isabell Buchholz."
„Und wie alt bist du?", er holte wieder Schwung zum Schaukeln „und in welche Klasse gehst du?"

„Ich bin neun Jahre alt und gehe in die dritte Klasse. Warum willst du das wissen?"
„Na, weil es mich interessiert."
Er streckte mir sein süßes kleines Näschen entgegen und seine kleinen Augen schauten mir forschend ins Gesicht. - „Gehst du eigentlich gern in die Schule?"
„Na, jaaaa." antwortete ich gedehnt, eigentlich schon, aber sie ärgern mich dort oft."
„Wer sind „sie", und warum wirst Du geärgert?"
„Sie" sind meine Mitschüler ..., na, guck mich doch an, rote Haare, Sommersprossen, da gibt's immer wieder was zu kichern oder blöde Bemerkungen zu machen, und jetzt auch noch die Brille, ach ..., ich bin unglücklich.
„Warum denn?" fragte verständnislos der Sandulus. „ich habe auch rote Haare und mich ärgert keiner".
„Na, bei euch ist das eben anders, bei uns Menschen wird man manchmal eben geärgert, wenn man rote Haare hat und wenn dann auch noch Sommersprossen das Gesicht zieren, noch mehr. Ich kriege dann immer meine Wut, weißte ..."
„Wut nützt gar nichts, du musst überlegen, wie du es ändern kannst, damit die anderen dich nicht ärgern."
„Ach du blöder ..." „Hör doch mal auf mit solchen Ausdrücken" unterbrach mich der Sandu-

lus, „ich sage doch solche Worte zu dir auch nicht, oder findest du es schön, wenn man dich so bezeichnen würde mit blöd und doof und ich weiß nicht, was du da noch für einen schrecklichen Wortschatz hast."

„Du kleines mieses Würmchen weißt gar nicht, womit man mich so beschimpft und ärgert, da muss ich so reden, sonst denken alle, ich bin ein Weichei." Ich überlegte schon krampfhaft, ob ich ihm nicht doch eins mit dem Lineal verpasse und diesem ganzen Spuk ein Ende bereite. Dann hätte ich endlich vor ihm Ruhe mit seiner „Bringmichindenwald"-Quälerei und seinen flotten Ratschlägen, der hatte ja keine Ahnung.

Ich schaute zu ihm hin, wie er so fröhlich und unbeschwert in dem Puppenhaar schaukelte und seine kleine Nase wippte und schaukelte im Takt seiner Schwünge.

„Weißt du, wir Sandulusse haben es auch gelernt, freundlich und höflich miteinander umzugehen. Man kann das wirklich lernen, wenn man es will, denn keiner möchte sich gern beschimpfen lassen. Du siehst ja, wie es dich ärgert und kränkt, und „was du nicht willst, was man dir tu, das füg auch keinem andern zu."

„Ach," sagte ich ein bisschen hilflos „was würdest du denn machen, wenn du morgens in die Schule kommst, und würdest mit solchen Worten empfangen „Rotfuchs, die Ecke brennt, sieh nur, wie die Isa rennt?“ Oder ich hätte mich nicht richtig gewaschen, weil ich noch das ganze Gesicht voller Fliegenschiss habe, in Anspielung auf meine Sommersprossen. Und ich kriege dann immer Wut, und wenn ich mich dann wehre, was zurück sage oder schubse, dann kriegen mich gleich die Lehrer ran, weil meine roten Haare in der Menge immer auffallen, und dann heißt es „die Isa kommt mal her“, „Isa benimm dich“, „Isa, so geht das aber gar nicht“. Wenn ich jetzt auch noch mit Brille komme, dann wird's noch schlimmer, mir wird schon schlecht, wenn ich daran denke.

“Der Sandulus rollte seine Nase wie eine Spirale auf, so dass ich lachen musste.

„Lache nicht, ich denke nach,“ knurrte er mich an. „Wer ärgert dich denn am meisten?“

„Na der Toni Labuda“ antwortete ich leicht errötend, „die andern machen dann natürlich feste mit“.

„Und du wirst dann immer wütend, und den Toni freut es?“

„Ja, genauso ist es“.

„Sag mal Isabell, hast du dir schon einmal überlegt mit den anderen mitzulachen und nicht in Wut zu kommen?“

„Das wäre ja wohl das Letzte, die anderen ärgern mich, und ich freue mich noch darüber."
„Nicht darüber freuen, mitlachen, das meine ich."
„Ich verstehe nicht, was du meinst, du redest lauter Quatsch."
„Das tue ich nicht, ich versuche dir zu erklären, dass du deine Taktik oder besser dein Verhalten ändern solltest."
„Kannst du gut rennen?"
„Ja, das kann ich, aber was hat das mit meinem Verhalten ändern zu tun?"
„Zum Beispiel folgendes, wenn man dich morgens gleich damit empfängt, dass die Feuerwehr angerannt kommt, dann lache doch einfach mal und antworte „tja, ich habe extra rote Haare, weil ich so schnell bin wie die Feuerwehr, wärst du so flink wie ich, hättest du auch welche."
„Ach, ich weiß nicht, so richtig getraue ich mich das nicht."
„Isa, weil du dich nicht getraust, darum ärgert man dich. Ein bisschen Mut und Freundlichkeit, und du hältst sie in Schach. Oder mit deinen Sommersprossen im Gesicht, wenn sie dich wegen Fliegenschiss ärgern, kannst du doch antworten, dass du dir extra Sommersprossen angeschafft hast, damit die andern was zu lachen haben, sonst wäre das Leben doch für

sie traurig, wenn sie sich selber angucken müssten. Andere haben auch Fehler und du getraust dich nicht, ihnen das zu sagen, du hast einfach nur dumme Wut.

„Ach“, sagte ich angenervt und verzweifelt, du kannst klug reden, du steckst nicht in meiner Haut.“

„Nein, aber in deinen Haaren“.

„Wieso in meinen Haaren, in den Haaren meiner Puppe turnst du rum.“ „Ja, das ist richtig, aber ich habe soeben beschlossen, dass ich dich morgen in die Schule begleiten werde.“

Ich war sprachlos, „wie, wie, wie willste denn das machen“ fing ich vor Aufregung an zu stottern, du kannst nicht mit in die Schule, wenn dich jemand entdeckt, die schlagen dich tot.“

„Du hast mich doch auch nicht totgeschlagen, ich fürchte mich nicht, im bin Monka, der tapfere Späher, wenn man so genannt wird, ist man kein Angsthase.“

„Wie soll ich dich denn in die Schule tragen, vielleicht verliere ich dich noch unterwegs, und das möchte ich auch nicht. Und außerdem hast du die ganze Zeit rumgemeckert, du müsstest nun endlich in deinen Wald zurück ...“

„Weißt du Isa, ich bin ein Späher, und ich beobachte Dinge, die um unser Reich herum passieren. Ich bin manchmal tagelang weg, und wenn ich etwas entdecke, was für unser kleines Volk wichtig ist, dann berichte ich davon dem Bürgermeister, und der entscheidet dann mit anderen, wichtigen Sandulussen, welche Entscheidungen getroffen werden. Jetzt wollte ich zurück, weil ich schon 4 Tage von zu Hause fort bin. Aber wenn ich dich mit deinen Problemen sehe, dann denke ich, ich sollte dir helfen."

„Wie willst du Winzling mir denn helfen? Du denkst wohl, wenn ich mit dir angerückt komme, ärgert mich keiner mehr? Dann erklären die mich noch für verrückt, oder lachen, oder wollen dich klauen, oder machen dich einfach tot, aus Boshaftigkeit."

„Im Gegensatz zu dir habe ich nicht die Furcht vor deinen Mitschülern."

„Weil du sie nicht kennst", meinte ich übellaunig und etwas bockig."

„Isabell Buchholz, lass dir doch jetzt mal meinen Plan erklären:

„Wir beide gehen morgen zusammen in die Schule, ich verstecke mich in deinen roten Locken, und du wirst sehen, keiner entdeckt mich."

„Ach, und ich hab den ganzen Tag das Gefühl, dass mir eine Laus auf dem Kopf herumspaziert."

„Quatsch, du hast doch schon meine Nase bewundert stimmts? Damit hänge ich mich an deine Locken“.

„Ich weiß nicht.“ –

Auf der einen Seite hatte ich Lust, mit dem Sandulus gemeinsam in die Schule zu gehen, auf der anderen Seite war die Sache auch ein bisschen riskant. Mich würde das Bewusstsein den Sandulus in meinen Haaren zu haben, ganz schön nervös machen. Aber ich war auch daran interessiert, was er zu meinen Schulfreunden sagen würde. Ich kam ins Schwitzen vor Aufregung, als ich auf dem Flur Stimmen hörte.

„He Monka, verhalte dich ruhig, ich glaube, meine Mutter ist nach Hause gekommen, die wird sicherlich gleich zu mir hereinschauen und sich nach meinem Befinden erkundigen. Ich höre gerade, dass meine Oma ihr von meiner Erkrankung erzählt, also psst.“

Und richtig, meine Zimmertür öffnete sich, und meine Mutter erschien, im Hintergrund meine besorgte Oma, die ihr gerade erklärte, dass ich ganz feuchte, fiebrige Hände hätte. „Hallo mein Schatz, ich höre du bist krank?“ Mir stieg eine leichte Schamröte ins Gesicht, ich fühlte mich gar nicht wohl, meine Mutter anzulügen, aber was sollte ich machen.

Mein zaghaftes „hm“ und meine von dem Erzählen mit dem Sandulus geröteten Wangen ließen meine sogenannte Erkrankung glaubhaft erscheinen.
„Hast du erbrochen, oder was macht dir denn zu schaffen?“
„Och, ich fühl mich einfach unwohl, nichts Genaues“.
Meine Mutter schaute jetzt doch prüfend in mein Gesicht. „Ach so?“ Der fragend, prüfende Blick meiner Mutter ließ mich ahnen, dass sie meiner angeblichen Erkrankung nicht den gleichen Glauben schenkte wie meine Oma.
„Na, dann bleib noch ein bisschen liegen, zum Abend kannst du sicherlich aufstehen.“
„Elke, das Kind ist krank, du solltest sie liegenlassen,“ bemerkte meine Oma besorgt.
„Ja, ja Oma, lass gut sein, ich krieg das schon hin. Ich dank dir, dass du bei ihr geblieben bist. Trinken wir noch einen Kaffee zusammen, oder möchtest du später mit uns zu Abend essen?“
„Nein, danke für dein Angebot, ich möchte dann lieber nach Hause, ich gehe noch bei Schmitts vorbei Obst kaufen, und dann mache ich es mir heute Abend vor dem Fernseher gemütlich.“

Es dauerte nicht lange, und ich hörte die Tür ins Schloss fallen, und meine Oma war gegangen. Ich hörte meine Mutter, wie sie in der Küche hantierte und sich eine Tasse Kaffee kochte.
„Das ist deine Mutter, die ist aber nett“, piepste der Sandulus.
„Na, wart mal ab, ich glaube, die hat mir meine Erkrankung nicht richtig abgenommen.
Und richtig, die Tür meines Zimmers öffnete sich wieder und meine Mutter kam, um sich zu mir ans Bett zu setzen.
„So, nun erzähle mal, was wirklich los war, ich bin nicht Oma, die man leicht hinters Licht führen kann. Wars die Brille, die dir so viel Schwierigkeiten bereitet hat, in die Schule zu gehen?“
„Nee“, versuchte ich zu schwindeln, das Fragen meiner Mutter war mir unangenehm.
„Weißt du Isa, man kann Dinge nicht ändern, wenn man nicht die Wahrheit kennt, und es macht mich traurig, wenn du nicht offen und ehrlich mit mir umgehst.“
Meine Augen füllten sich mit Tränen. Ich hatte meine Mutter lieb und wollte sie nicht beschwindeln, aber die Situation war zu vertrackt, es gab so viele für mich schwierige Dinge, die Brille, der Ärger in der Schule und die Aufregung mit dem Sandulus. Das konnte ich nicht alles erklären.

Meine Mutter strich mir eine Locke aus dem Gesicht „na gut, wenn du so weit bist und reden möchtest, dann kommst du zu mir, gut?“
Ich nickte und war froh, dass sie mich nicht mit weiteren Fragen quälte.
„Monka“ rief ich leise, „hilf mir doch mal, was soll ich denn bloß meiner Mutter sagen, weshalb ich nicht in die Schule gegangen bin, die hat doch längst gemerkt, dass ich nicht krank bin.“
„Siehst du, du brauchst doch meinen Rat, meine Anwesenheit ist also wichtig.“ Seine Nase ragte steil nach oben.
So ein Angeber, dachte ich, aber irgendwie war ich auch froh, dass der Sandulus da war, so hatte ich jemanden, dem ich mich anvertrauen konnte.
„Nun sag mir doch aber einmal, wie ich mich verhalten soll, ich möchte ja nicht vor mir selber als totale Lügnerin da stehen.“
„Das brauchst du auch nicht, du musst nur nicht die ganze Wahrheit sagen, nur einen Teil. Zum Beispiel, dass du dich noch an das Tragen der Brille gewöhnen musst, und dir der erste Tag des Tragens eben ganz besonders unangenehm war, deshalb hast du die Schule versäumt. Versäumt hört sich besser an als schwänzen, findest du nicht auch?

Von mir und deinem Ärger in der Klasse sagst du noch nichts, das versuchen wir beide erst einmal allein zu regeln."

Nach einigem Überlegen dachte ich, dass das wirklich keine schlechte Lösung wäre, ich erzähle meinen Eltern nur von meinen Hemmungen wegen der Brille, von dem anderen kann ich bei passender Gelegenheit immer noch berichten.

Nach einer ganzen Weile des Liegens und Nachdenkens hörte ich meine Mutter in der Küche hantieren, sie bereitete das Abendessen vor, und der Duft von gebratenen Eiern zog durch die Räume.

„Hhm, ich kriege Hunger, ich habe ja auch den ganzen Tag noch nichts Ordentliches gegessen."

„Ich auch nicht" klagte der Sandulus.

„Monka hör zu, ich gehe jetzt in die Küche, um mit meiner Mutter zu reden und dann Abendbrot zu essen, ich bringe dir etwas mit ins Zimmer, so lange musst du schon noch aushalten."

„Ja gut, vergiss es nicht, und lass mich nicht zu lange warten."

Ich ging in die Küche und sog den Duft frisch gebratener Eier in mich ein. Hm, Spiegeleier aß ich für mein Leben gern. „Na, Oma hat dich wohl als Kranke behandelt und dich den ganzen Tag Mehlsuppe essen lassen?"

„Na ja …“ gab ich kleinlaut zu, „sie musste ja auch annehmen, dass ich mich nicht wohl fühlte, ich habe sie auch ein wenig beschwindelt.“
„Na, mein Kind, dann beichte mal, wieso du dir diese Krankenmasche hast einfallen lassen, um nicht in die Schule zu gehen“ – und sie servierte mir ein schön glänzendes Spiegelei auf dem Teller. „Lag es an der neuen Brille oder hast du dich vor einer unangenehmen Schulaufgabe gedrückt? Nun mal raus mit der Sprache!“
Ich erzählte meiner Mutter davon, dass mir das Brille tragen nicht sonderlich behage und ich mich außerdem vor dem Spott meiner Klassenkameraden fürchtete, weil die mich ohnehin schon wegen meiner roten Haare aufziehen.
„Davon hast du mir ja noch nie erzählt - hätte ich das eher gewusst, hätte ich doch schon längst mal mit deiner Lehrerin gesprochen“
„Was sind das für Ausdrücke, ‚Weichei'. Es ist doch wohl richtig, wenn man sich gegen grobe Hänseleien wehrt, und wenn die Kinder das nicht allein können, dann sollten eben mitunter Erwachsene einschreiten.
„Finde ich aber nicht, zuerst sollte jeder selber versuchen, seine Angelegenheiten allein zu regeln, die Eltern sollten einem höchstens einen Rat geben.“ Ich biss voller Appetit in mein Brot.

„Hoho, du klingst ja sehr erwachsen! Aber wenn du meinest, immer probiere es selbst aus. Möchtest du noch Tomatensalat?“
Meine Mutter drehte sich um, um mir die Schüssel zu reichen, und ich nutzte die Gelegenheit, um schnell ein Stück Brot in meiner Hosentasche verschwinden zu lassen, Monka hatte ja auch Hunger.

Ich hielt mich noch ein bisschen in der Küche auf, um mich dann mit den Worten in mein Zimmer zu verabschieden, dass ich noch ein bisschen lesen wolle.
„Ich nehme mir das Mineralwasser mit, falls ich noch Durst bekomme.
„Ja gut, vergiss nicht, dich zu waschen und zu 20.00 Uhr wird das Licht ausgemacht, morgen musst Du zur ersten Stunde, ich komme Dir dann noch gute Nacht sagen.“
Ich nahm die Mineralwasserflasche, schnappte mir noch ein Glas und ging in mein Zimmer.

„Monka“ rief ich leise „Monka, he wo bist du?“
„Na wo schon?“ kam es brummig-piepsig aus dem roten Haarschopf meiner Puppe. „Du schlägst dir den Magen voll, hältst Volksreden mit deiner Mutter, und ich bin hier bald am Ver-

hungern, schöne Freundin, die immer zuerst an sich selbst denkt."

„Ach, du bist mein Freund" sagte ich um ihn abzulenken „das hast du mir noch nicht gesagt, aber jetzt weiß ich es. Freut mich, und aus Freundschaft habe ich dir auch ein Butterbrot mitgebracht und Mineralwasser zum Trinken."

Der Sandulus nahm mit seinen zarten Ärmchen ein Stück Brot, für mich so groß wie ein Krümel, und als ich sah, wie er sein langes Näschen hochklappte und das Essen in den Mund schob, hätte ich ihn knuddeln können, wenn er größer gewesen wäre, so niedlich fand ich das. Dann ging ich flink noch einmal in die Küche, holte eine Untertasse, angeblich für etwas Gebäck, um darauf Mineralwasser zu gießen, damit der Sandulus trinken konnte, in meinem Trinkglas würde er ja glatt ertrinken.

Dabei fragte ich mich, ob Sandulusse wohl schwimmen könnten.

„Du Monka, sag mal, kannst du eigentlich schwimmen?"

Er schüttelte seinen kleinen Kopf „schwimmen, was ist denn das?"

„Na, wenn man ins Wasser geht, sich hinlegt und mit Armen und Beinen solche Bewegungen macht dass man vorwärtskommt." Und ich

machte ihm das anschaulich auf dem Fußboden meines Zimmers vor.
„Solchen Blödsinn brauche ich nicht zu können,“ und er guckte verächtlich auf mein Gehampel.
„Das ist kein Gehampel“ verteidigte ich mich, das kann bei uns fast jeder.
„Wieso denn nicht?“ fragte ich verständnislos, „habt ihr keine Seen und Flüsse, in denen man im Sommer Schwimmen gehen kann?“
„Doch, haben wir, aber mit unseren dünnen Armen und Beinen könnten wir gar nicht so etwas machen, das ihr schwimmen nennt. Unsere Freude sind die großen Bäume, auf denen wir uns aufhalten, und wo wir viel Freizeit verbringen und Sport machen. Und das, was du da machst, so auf der Erde herum wühlen, das machen nur die Wummelwürmer.
Ach ja, die Wummelwürmer- sag mal Monka, wie ist denn das weiter gegangen, der eine hieß doch Klaus. Wenn ihr euch jetzt mit denen vertragt, habt ihr dann mal von ihm gehört, oder ihn sogar wieder gesehen?“
Natürlich hab ich dir das nicht schon erzählt, dass die Wummelwürmer längst nicht mehr unsere Feinde sind?“
„Nee, wie ist es denn dazu gekommen, kannst es mir ja mal erzählen.“

„Oh, das ist eine ziemlich lange Geschichte, dazu reicht heute Abend die Zeit nicht mehr, es sei denn, wir quatschen die halbe Nacht."
„Können wir doch", sagte ich neugierig und interessiert daran, was mit Klaus, dem Wummelwurm, so passiert ist.
„Wir lassen es lieber bis morgen, ich suche mir jetzt ein Plätzchen zum Schlafen, damit ich morgen in der Schule ausgeruht bin, wenn ich deine Mitschüler begutachte."
Der kleine Sandulus kroch in die Tasche der Puppenbluse und machte es sich zum Schlafen gemütlich. Als ich etwas später an die Puppe

schlich und einen vorsichtigen Blick in die Blusentasche warf, lag mein kleiner Freund mit schlaff hängendem Näschen in der Ecke und schlief.
Es war zu viel für ihn gewesen, was an neuen Eindrücken auf ihn einstürmte, und auch ich merkte, dass mich die Müdigkeit überkam. Ich ging ins Bad wusch mich flink, putzte noch meine Zähne, kuschelte mich in die Decke und war auch alsbald eingeschlafen. Ich hörte nicht einmal mehr meinen Vater, der spät von seiner Arbeit kam und in meinem Zimmer auf seine schlafende Tochter schaute und die rothaarige Puppe gerade setzte. Wenn der gewusst hätte, was ich wusste!

Als ich am nächsten Morgen von meiner Mutter geweckt wurde, hatte ich so gar keine Lust aufzustehen.
„Hallo kleine Maus, aufstehen“ sagte sie zärtlich. Ich reckte und streckte mich, um dann noch ganz verschlafen ins Badezimmer zu stolpern. Mich guckte im Spiegel ein verzauseltes rothaariges Mädchen an, das so gar keine Lust hatte, heute wieder in die Schule zu gehen.
Gähnend begann ich mich langsam zu waschen, die Zähne zu putzen, mich anzukleiden und

meine wilden Locken mit dem Kamm zu bändigen. Dann ging ich lustlos und immer noch matt in die Küche zum Frühstück.
„Na, besonders heiter siehst du ja heute nicht aus“ meinte lächelnd meine Mutter, als sie mir eine Schale mit Müsli und die Milch zuschob.
„Hier sind dann deine Schulbrote und auch eine schriftliche Entschuldigung wegen des gestrigen Fehlens.
Setz deine Brille auf, du weißt, du brauchst sie zum besseren Sehen, und irgendwann musst du sie sowieso mal tragen, es werden sich alle an den Anblick gewöhnen.
Ich muss jetzt zur Arbeit, die Zeit drängt, also tschüss mein Bellchen, wie immer in Eile.“
Meine Mutter umarmte mich, ein zarter Kuss auf die Wange, die Tür klappte, und ich war allein.
Meine Eltern waren beruflich stark eingespannt, sie hatten wenig Zeit für mich. Sie arbeiteten beide in einem Institut. Meinen Vater sah ich manche Tage gar nicht. Deshalb kam ja meine Oma jeden Tag, um nach mir zu schauen. Meinen großen Bruder sah ich auch selten. Er war auf einem musischen Internat, wo er Geige spielte. Das habe ich nie verstanden. Alle Jungs spielen Fußball, nur mein Bruder spielt Geige. Er hatte in unserer Schule mal ein Konzert gegeben, und

als mich Anton Stracks und andere Jungs dann so gemein fragten, was denn mein Stehgeiger macht, erzähle ich nichts mehr über ihn.
So interessant ist er nun auch nicht, obwohl ich meinen Bruder eigentlich gerne habe, wie meine ganze Familie. Und da sie alle wenig Zeit haben, wissen sie natürlich auch nicht, womit ich mich so jeden Tag herumplage.
Oh, der Sandulus, fiel mir just in diesem Moment ein. Ich rannte in mein Zimmer, den Mund noch voll Müsli und rief „Monka“, wobei ich die Hälfte meines Essens auf dem Teppich verlor, und der Sandulus mich anranzte „schrei nicht so, ich bin schon längst munter.“
Sein kleiner Kopf guckte aus der Puppenblusentasche.
„Bellchen“ schickte er hämisch grinsend hinterher. „Ich denke, du heißt Isabell, und warum wirst du dann „Maus“ und „Bellchen“ gerufen?“
„Ach,“ sagte ich leicht verlegen, „das sind so Kosenamen, die meine Mutter mir gibt, weil sie mich gern hat. Ich könnte dich auch „Mönkchen“ oder „Mönkelchen“ nennen“ kicherte ich.
„Untersteh dich“, antwortete er leicht gereizt. „Ich heiße „Monka“, ich bin ein tapferer Späher, und ich möchte bitteschön auch so gerufen werden.“

„Du", der Sandulus hatte seine Nase wieder zu einer Spirale gedreht, wie immer, wenn er nachdachte „dann sind vielleicht die Namen, die die Jungs dir geben, also „Feuerwehr" und Fliegenschiss" gar keine Schimpfwörter, sondern auch Kosenamen?"

„Nee" sagte ich ganz entrüstet „die sagen das nicht zärtlich und lieb, die sagen das hämisch und gemein. Die wollen sich auf meine Kosten lustig machen, weiter nichts."
„Na gut, ich werde ja sehen, wie sieht denn nun unser Schlachtplan an?" Der Sandulus guckte mich fragend an. „Wie soll was aussehen?"
Ich wusste nicht so recht, was er meinte. Ich gehe jetzt gleich in die Schule, und du wolltest mit, um dir mal alles anzusehen und anzuhören und du wolltest in meinen Haaren sitzen, weil du sich da drin so gut verstecken kannst.
Iss noch schnell dein Krümchen und trink dein Tröpfchen, ich ziehe in der Zeit meine Schuhe und die Jacke an."
Ich steckte meinen Finger in die Puppenbluse und holte den Sandulus aus seiner Schlafecke. "Hhhhhm" machte er wohlig „es war warm und kuschelig, wie in einem Schlafsack".

In der Küche setzte ich ihn auf dem Tisch ab und gab ihm Brot und ein kleines Tröpfchen Milch, und wieder erfreute ich mich an seinem niedlichen Aussehen beim Essen.
Der Schulrucksack war auf dem Rücken, in ihm auch die Schulbrote und die Entschuldigung verstaut, ich ging in die Küche um den Sandulus abzuholen, und – oh Schreck – ich fand ihn nicht auf dem Tisch.

„Monka, Monka“ rief ich ganz aufgeregt, und nur ganz leise hörte ich es merkwürdig gurgeln. Mein tapferer Späher schwamm in dem Rest des Kaffees, den meine Mutter in ihrer Frühstückstasse hatte stehen lassen. Ärmchen und Beinchen weit ausgebreitet hielt er sein Rüsselnäschen hoch, um nicht zu ertrinken, und er gurgelte, weil er rufen wollte, und dabei immer Kaffee schluckte.
„Mensch Monka, was machst du denn für Quatsch“ schalt ich und holte ihn aus seinem nassen Gefängnis.
„Ich bin abgerutscht, wollte nur mal spähen, was das für eine Brühe ist. War ja warm, aber nichts für mich – puhhhhhhhh!“
"Du bist ja geschwommen“ sagte ich lachend.
„Geschwommen, so im Nassen liegen ist schwimmen?“

„Im Nassen liegen und sich bewegen, damit man nicht untergeht, das ist Schwimmen“ klärte ich ihn auf.
„Gefällt mir nicht, gefällt mir ganz und gar nicht“ und er schüttelte sich winzige Kaffeetröpfchen vom Körper.
„Mir gefällt schwimmen sehr, da hat man viel Spaß und gut für die Gesundheit soll es auch sein. Aber im Kaffee zu schwimmen wäre natürlich auch nicht nach meinem Sinn,“ erklärte ich lachend.
„Ach, wie sah das lustig aus, als du so prustend deinen kleinen Rüssel hochgehalten hast, um nicht zu ertrinken. Ich kenne bisher noch niemanden, der in Kaffee geschwommen ist, bis auf dich, hahaha.“
„Wie kann man über den Schaden eines anderen so lachen, du bist nicht viel besser als die Jungen, von denen du mir erzählt hast, dass ihre Bemerkungen dich ärgern,“ sagte er erbost.
„Nun sei nicht sauer“ besänftigte ich ihn, bei dir, das ist Situationskomik, über so etwas darf man schon mal lachen, was die Jungs mit mir machen, das ist gemein. Das machen sie extra um mich zu ärgern oder um mich zu verletzen. Aber das wollen sie nicht mal merken.“
„Situationskomik“, so ein komisches Wort“ der Sandulus wollte nicht akzeptieren, dass ich

seinen Rutscher in die Tasse zum Lachen fand. „Du findest meinen Unfall zum Lachen und amüsierst dich, dass ich nicht schwimmen kann. Ich werde mal lachen, wenn man dich an der Nase an einen Ast hängt, und du kannst dich dann nicht bewegen. Das kann ich nämlich mit meiner Nase machen, mich mit ihr an Äste hängen und dort rumturnen."
Er rollte seine Rüsselnase ein und war beleidigt. „Monka bitte, ich entschuldige mich - außerdem müssen wir auch schnell in die Schule. Ich setzte meine Brille auf, und jetzt sah ich erst, dass er vom Kaffee noch ganz feucht war. Vorsichtig nahm ich ihn in meine Hand und hauchte ihn mit warmem Atem an „damit du trocken bist, wenn wir jetzt rausgehen".
Er rollte seine Nase aus, blinzelte mir zu „los geht's". Ich setzte ihn in meine Haare, und wir beide starteten in das Abenteuer Schule.
Und ein Abenteuer sollte mein Schultag heute werden, jedenfalls habe ich das so empfunden.

Aber ich habe noch gar nicht erzählt, dass ich in einer kleinen Stadt wohne, mit viel Wald und Wasser in der Umgebung. In der Stadt gibt es einige kleinere Firmen und auch zwei große

Werke und ein landwirtschaftliches Institut, in dem meine Eltern arbeiten.
Wir haben 3 große Schulen, eine davon ist die Reuterschule, und die besuche ich.
So trabe ich nun mit meiner Brille auf der Nase und dem Sandulus im Haar meiner Schule entgegen. Und wen treffe ich unterwegs wie bestellt, meine Freundin Ursel.
Sie guckte mich ganz verdattert an, „Mensch Isa, du hast ja auch eine Brille.
„Ja, na und“ war meine lakonische Antwort.
„Siehst aber ganz gut damit aus. Mich freut es, da sind wir wenigstens 2 Mädchen, die mit einem Nasenfahrrad herumlaufen müssen“, und sie legte freundschaftlich ihren Arm um mich.
„Die ist aber nett“ hörte ich den Sandulus wispern. Und zum ersten Mal wurde mir bewusst, wie oft ich sie doch wegen der Brille gekränkt hatte, und sie verlor nicht ein gehässiges Wort gegen mich.
Sie war wirklich eine liebe Freundin und ich beschloss insgeheim, in der Pause meinen Müsli-Riegel mit ihr zu teilen.
Mein erster Brillenschultag war mir durch Ursels Gegenwart erleichtert.
Und dann sah ich schon aus der Ferne die Jungs auf dem Schulhof und meine zaghafte Zuver-

sicht wich dem unangenehmen Gefühl, dass ich gleich wieder das Spottobjekt der Klasse werden würde.

Und richtig, ich gehe an den Jungs vorbei und schon brüllt es aus dem Mund von Imbert Krott, dem Frechsten und Dümmsten von allen.

„Eh, unsere Feuerwehr kommt angerannt, und jetzt hat sie auch noch große Gläser, damit sie die Brände besser löschen kann." Und er hielt seine Hände wie ein Fernglas vor seine Augen und machte ein paar alberne Verrenkungen. „Guck mal Toni, haste schon die Feuerwehr gesehen, die hat jetzt neue Lampen."

Toni guckte zu mir herüber und grinste, der unterhielt sich gerade mit Elmar und hatte keine Zeit für Hänseleien. Ich schlich bedrückt an den Jungen vorbei und stellte mich mit Ursel vor die Schultür, als Imbert mit Peter Stahl ankam und mich beiseite schob: „Feuerwehr Glasauge, du stehst hinten."

Ich wollte schon zurückschubsen, als ich das leise Stimmchen von Monka hörte „nicht schubsen" und er flüsterte mir ins Ohr, was ich sagen sollte.

„Stell dich nur vorne hin, ich hab ja jetzt eine Brille und kann gut gucken, und dabei stelle ich doch ganz nebenbei fest, dass du schwarze

Haare hast, und wenn wir uns schon unserer Haare wegen Autonamen geben, dann bist du der Leichenwagen, also „guten Tag“ Herr Leichenwagen.“

Imbert war so platt, dass ich mich mal mit Worten wehrte, dass er gleich gar nichts antworten konnte. Und die anderen hatten meine Antwort ja auch gehört und fingen an zu kichern. „Wer ist hier ein Leichenwagen?“, fragte, Toni.

Er kam an und stellte sich zu Imbert.

„Unsere Fliegenschiss-Feuerwehr hat ne große Klappe gekriegt“, meinte Imbert, ohne auf Tonis Frage einzugehen.

Guck mal an, dachte ich, dem frechen Imbert ist es nicht so egal, wenn er mit so hässlichen Namen bedacht wird.

„Leichenwagen hat Isabell ihn genannt“ kam es aus der Menge.

„Wieso Leichenwagen?“ Tonis Gesicht war ein einziges Fragezeichen. Mit so einer Aussage konnte er gar nichts anfangen. „He du, wieso nennst du Imbert Leichenwagen?“ Er guckte mich lauernd an.

Guck ihm fest ins Gesicht, flüsterte mein Sandulus, was ich auch tat „tja Toni, wenn ich eine Feuerwehr bin mit meinen roten Haaren, dann ist Imbert mit seinen schwarzen Haaren ein Lei-

chenwagen und du mit deinen braunen eine Rostlaube."
„Was ist denn mit dir los" fragte Toni halb wütend, halb verwundert, „wir sind wohl jetzt alle Fahrzeuge?"
„Na, ihr nennt mich doch Feuerwehr, und wenn ich eine Feuerwehr bin, dann seid ihr eben ein Leichenwagen und eine Rostlaube, so ist das eben" und damit ging ich ins Klassenzimmer.
In unserem Klassenzimmer saß jeder einzeln an einem Pult. Es gab drei Reihen, und dazwischen war immer ein Gang.
Rechts von mir saß meine Freundin Ursel, und auf der linken Seite saß Toni.
Im Grunde konnte ich Toni gut leiden. Auch wenn er mich manchmal ärgerte, spielten wir auch zusammen, weil wir in einer Straße wohnten. Aber wenn er mit den anderen, frechen Jungs zusammen war, hatte er genauso eine große Klappe und hänselte gern die Mädchen, so ein Angeber.

Wir hatten jetzt Mathe-Unterricht bei unserem Klassenlehrer, Herrn Schulz. Er war etwas dick, hatte eine Glatze mit einem Haarkranz und eine dunkelbraune Hornbrille. Mir gefiel er nicht besonders, und ich glaube, ich ihm auch nicht, denn er nahm mich immer dann gerade dran, wenn ich nichts wusste. Beim Sprechen rollte er das „R“ und wenn er mich dran nahm, und ich keine Antwort wusste, sagte er immer so komisch „Isabell, bässsäärrr aufpassn“ - fürchterlich fand ich das.

Auch wenn ich versuchte, besser aufzupassen, erwischte ich mich immer wieder dabei, dass ich auf alles Mögliche bei diesem Menschen achtete, und weniger auf die Mathematik, als mehr auf seine Aussprache aufpasste, „Rrrreinhard das ist rrrrrichtig“, oder „Rrrrruhe im Rrrraum“. Meine schulischen Ergebnisse in diesem Fach waren dementsprechend mäßig, und ich war immer froh, wenn die Mathestunden vorbei waren.

Herr Schulz kam ins Zimmer, und die Schüler hatten ihre Hefte herauszunehmen, die Hausaufgaben wurden durchgesprochen. Da ich den Tag vorher nicht da war, hatte ich natürlich nichts in meinem Heft zu stehen, weshalb mich Herr Schulz an die Tafel rief, um zu testen, ob ich alles ‚rrrichtig rrrechne‘, na Mahlzeit.

Klopfenden Herzens ging ich zögerlich an die Tafel. Aber dann wisperte Monka hinter meinem Ohr „hol tief Luft, wir schaffen das schon, ich bin doch bei dir.“

Mein Herz begann jetzt wegen dieser Gewissheit noch schneller zu rasen „oh, meine Brille liegt noch auf dem Pult, die möchte ich noch holen."

„Na, du trägst jetzt auch eine Brille, mal sehen, ob das Einfluss auf deine schulischen Leistungen haben wird."

Mit Brille erschien mir die Tafel noch größer und bedrohlicher als ich Herrn Schulz auch schon sagen hörte „bitte schreibe 97 – 63."

Ich starrte auf die Zahlen. Untereinander geschrieben würde mir das Rechnen ja noch leichter fallen, aber so.

Doch dann hörte ich 34, schreib es an, 34 ist das Ergebnis.

86 + 86 das sind 172 ...

Ich schrieb, und Monka rechnete. Nach 10 Aufgaben war Schluss, und als Herr Schulz sich zur Tafel wandte, war er nicht schlecht erstaunt, alle Aufgaben richtig gelöst an der Tafel stehen zu haben. Er guckte noch mal und noch mal „rrrichtig Isabell, alles rrrichtig, grrrrratuliere, so etwas hast du lange nicht mehr gezeigt.

Hast du zu Hause geübt?"

Ich schüttelte meinen Kopf, und das war mein oder besser Monkas Verderben. Meine Locken wackelten, und auf einmal sehe ich doch meinen Sandulus auf dem Lehrertisch liegen. Er rannte und versteckte sich hinter einem Bücherstapel.

Das wars, dachte ich, die Geschichte mit dem Sandulus ist zu Ende. Mir wurde ganz übel und ein besorgter Herr Schulz fragte „ist dir nicht gut, du siehst so blass aus, vielleicht bist du noch nicht ganz gesund und hättest noch im Bett bleiben sollen."

„Ach nein, es geht schon." Ich schaute suchend auf dem Lehrertisch herum. „Ist was?" fragte mich Herr Schulz wieder.

„Nein, ich dachte nur, ich hätte meine Spange hier verloren, mir ist irgendwas aus dem Haar gerutscht."

Ich sagte das nur, damit Monka wusste, dass ich sein Abrutschen aus meinem Haar auch bemerkt hatte.

„Hierrr liegt aber nichts," Herr Schulz suchte nun auch auf dem Tisch, was mir natürlich gar nicht recht war. Dann nahm er seine Brille ab „mal sehen, ob ich ohne besser gucke" und er schaute auf dem Fußboden nach. „Hier liegt auch nichts". Ich tat auch so, als ob ich suchte, und guckte mit, und in diesem Augenblick sehe ich doch, wie sich mein kleiner Sandulus mit einem Nasenschwung auf den Brillenbügel von Herrn Schulz schwingt, der in dem Moment seine Brille wieder aufsetzt, und mein Sandulus befand sich auf dem Kopf von meinem Lehrer.

Ich konnte dem Unterricht nicht mehr folgen. Ich starrte die ganze Zeit Herrn Schulz an, der sich über meine ungeteilte Aufmerksamkeit freute, dabei hoffte ich, irgendwo meinen kleinen Freund zu entdecken, aber nichts war zu sehen, nur kratzte sich Herr Schulz merkwürdigerweise recht häufig den Kopf.
Die Stunde wurde abgeklingelt, Herr Schulz verließ den Raum, und mit ihm auch Monka.
Wir hatten jetzt noch Deutsch und Musik, aber ich konnte nicht lesen, ich konnte nicht singen, ich dachte nur an meinen Sandulus, der auf dem Kopf meines Mathelehrers herumspazierte. Wenn die Jungen mich jetzt ärgerten, es interessierte mich nicht, ich war ganz matt und traurig. Ich musste unbedingt Herrn Schulz finden, auf seiner Glatze mit den wenigen Haaren konnte Monka sich ja nicht gut verstecken. Ich hatte Angst, dass er irgendwann entdeckt und als lästiges Insekt getötet würde.
Mein Weg führte mich ins Sekretariat „Guten Tag, ist Herr Schulz hier?“
„Hier schon, aber nicht beim Direktor“, antwortete mir die etwas hochnäsige Sekretärin. Sie war zu uns Schülern nicht besonders freundlich, nur zum Herrn Direktor. Ich wagte noch einen schüchternen Vorstoß „wo könnte ich ihn

denn bitte finden, ich muss ihn unbedingt sprechen?“
„Hast wohl etwas ausgefressen?“ fragte sie mich schnippisch. „Nein, er hat versehentlich mein Hausaufgabenheft eingesteckt, und das brauche ich doch bis morgen“ log ich tapfer.
„Na, in dem Falle wollen wir dir mal helfen“, sie sprach so, als ob auch der Herr Direktor der Meinung wäre. Sie schaute auf ihren Plan „der Herr Schulz hat eine Freistunde, er ist entweder im Lehrerzimmer oder in der Cafeteria, da musst du nun mal gucken.“
„Herzlichen Dank“ und ich entfernte mich eilig in Richtung Lehrerzimmer. Ich klopfte und wartete, klopfte und wartete, nichts rührte sich. Meine Verzweiflung und Aufregung wuchsen, wo ist bloß der Herr Schulz.

Endlich erschien Frau Grams, unsere Sportlehrerin „Hallo Isabell, was machst du denn hier, gefällt dir die Schule so gut, dass du nicht nach Hause gehen willst?“
Sie lächelte mich an, sie war freundlich wie immer.
„Ich suche dringend den Herrn Schulz, und er ist nirgends zu finden“ antwortete ich schon halb weinerlich.

„Ach, da kann ich dir helfen, der sitzt in der Cafeteria, musst Du mal gucken gehen, er ist bestimmt noch da."
„Danke" rief ich schon halb rennend und hoffend, dass Herr Schulz wirklich noch dort wäre.
Und richtig, als ich den Raum betrat und zielgerichtet auf Herrn Schulz lossteuere schaut er mich überrascht an „nanu Isabell, was führt dich zu mir?"
Er kratzte wieder seinen Haarkranz, also musste Monka sich noch auf seinem Kopf befinden, dachte ich glücklich. Nun lag es an mir, mich dem Kopf meines Lehrers so weit zu nähern, dass mein tapferer Sandulus mit Schwung in meine Haare hopste, Anlauffläche hatte er auf der Glatze ja genug.
Ich kramte also mein Mathebuch aus dem Rucksack und hielt es Herrn Schulz hin „bitte Herr Schulz, ich möchte von ihnen wissen, was ich in Mathe mehr üben sollte, dass sie mir bitte im Buch mal einige Aufgaben zeigen.
Herr Schulz blätterte im Mathebuch und erklärte mir die Aufgaben, die zu üben er für angebracht hielt. Um das zu sehen, rückte ich mit meinem Kopf nah an seinen. Er kratzte sich am Kopf, und kurz darauf verspürte ich ein kleines Zwicken hinterm Ohr.

Monka war wieder bei mir, ein Stein fiel mir vom Herzen.
„Recht herzlichen Dank“ sagte ich ganz freundlich, und Herr Schulz entließ mich mit den Worten „es frrreut mich, dass dein Interrresse an der Mathematik anscheinend geweckt wurrrde“
„Ja“, lächelte ich glücklich, ich hätte meinen dicken, kahlköpfigen Herrn Schulz umarmen können. Er ahnte ja nicht, dass er eine ganze Weile mit einem kleinen Sandulus auf dem Kopf herumgelaufen ist. Ich weiß nicht, ob er mir dann auch so freundlich zugewinkt hätte beim Abschied.
Auf dem Schulhof wollte ich mich erst einmal vergewissern „Monka, bist du da?“
„Na klar bin ich hier, hast doch wohl an meinem Ohrzwicker gemerkt, oder? Aber eigentlich bin ich sauer auf dich, wie kannst du mich mit Schwung vom Kopf schmeißen, mit Freunden geht man behutsam um.“
„Du weißt gar nicht, welche Ängste ich ausgestanden habe, nein, du weißt es wirklich nicht. Und dann auf der Glatze, da ist es so rutschig gewesen, ich dachte schon, ich breche mir die Beine. Hab mich mit meiner Nase immer festgesaugt, aber er hat sich dann immer gekratzt, und da musste ich es wieder lassen. Nee, mach das wirklich nicht noch mal mit mir!“

„Also hör mal Monka, so aufregen musst du dich auch nicht. Ich hab dich ja nicht mit Absicht aus meinen Haaren befördert, du hast dich vielleicht nicht richtig festgehalten."

„Hab ich doch!"

„Schon gut, schon gut, wir wollen nicht streiten, ich bin ja auch froh, dass du mir so in Mathe geholfen hast.

Und nun komm mal auf meine Hand, damit ich dich auch sehen kann."

„Nein, ich komme erst zu Hause aus den Haaren, das ist mir sicherer, der heutige Absprung hat mir gereicht, das war wie fliegen, und fliegen tue ich auch nicht gerne, genauso wenig wie schwimmen."

Wir gingen beide nach Hause, und ich in der Gewissheit, meinen kleinen Freund wieder zu haben und außerdem auch in Mathe diesmal keine so schlechte Figur gemacht zu haben.

Ich bog frohgemut in unsere Straße ein, als ich dort am Bordstein sitzend Toni und Elmar sehe. Na, dachte ich, was die wohl gegen mich ausbrüten.

Als ich bei ihnen ankam, sagte Toni „du hör mal, was haste heute zu uns in der Schule gesagt?"

Mir fiel auf, dass er nicht Feuerwehr oder Fliegenschiss sagte.

„Nichts“ sagte ich ein bisschen ängstlich. „Nicht Angst haben,“ hörte ich Monka flüstern „sag ihnen, wenn du ein Auto bist, sind sie auch welche.“
„Du hast uns doch irgendwie beleidigt“ sprach jetzt Elmar.
„Wieso, wenn ihr zu mir Feuerwehr sagt, dann kann ich euch doch auch einen Autonamen geben, oder?
Wieso habe ich euch beleidigt, ihr beleidigt mich doch jeden Tag.“
Sie guckten mich beide an „Mensch, hau ab, aber lass dir so was in der Schule nicht wieder einfallen.“
„Gut, ihr euch auch nicht.“
„Halt die Klappe!“
„Wo liegt sie denn, die Klappe.“
„Mensch, halt die Schnauze“, Imbert stand auf.
„Ja, wenn du mir den Hund dazu zeigst“ ich guckte ihn jetzt herausfordernd an.
Er winkte ab „Weiber“ war noch alles, was ich hörte, und dann ging ich in unser Haus.
Als ich zu Hause war, krachte ich meinen Rucksack in die Ecke und legte mich erst einmal auf mein Bett, der Tag hatte mich heute angestrengt.
„Monka, jetzt komm aber raus, einmal möchte ich dich sehen, und außerdem krabbelt es auf meinem Kopf, wenn du da drauf rumsaust.“

„Wie kann ich auf einem Kopf voller Locken rumsausen“ brummte er „durch diesen Urwald habe ich Mühe, mich durchzuwinden.“
„Na, dann winde dich durch, und komm mal auf meine Hand, ich hätte wirklich Freude daran, dich zu sehen.“
Ein Kitzeln an meinem Ohr, an meinem Hals, und Monka lief auf meinem Arm entlang auf meine Hand. Seine kleine Rüsselnase schlenkerte beim Laufen wie bei einem kleinen Elefanten. Ach, wie sehr ich dieses kleine Wesen doch schon lieb hatte.
„Monka, ich freue mich so, dich zu sehen, wenn du etwas größer wärst, ich würde dich ganz doll knuddeln.“
„Tja“ sagte er etwas schnippisch, „es kann nicht jeder groß von Gestalt sein, aber ich bin groß im Geiste.“
„Ja, das bist du“ gab ich zu, „du hast mir gut in Mathe geholfen, ohne dich wäre ich verloren gewesen. Wie findst denn meinen Lehrer, ich mag den nicht.“
„Isabell“ redete Monka schulmeisterlich „ich glaube, es liegt weniger am Lehrer, als an der Mathematik, die du nicht magst. Man muss sich mit Dingen beschäftigen, um sie zu können, und du beschäftigst dich mit Mathematik nicht,

dabei ist sie einfach, man muss nur wissen, wie es geht."
„Och, Mathe ist so furchtbar langweilig."
„Das finde ich gar nicht, sie ist interessant, und man begegnet ihr jeden Tag."
„Nee, ich rechne doch nicht jeden Tag" widersprach ich.
„Das stimmt aber nicht" Monka richtete sich gerade auf wie ein alter Schulmeister: „Wenn du einkaufen gehst, begegnest du der Mathematik, wenn du den Fernseher einschaltest, begegnest du ihr. Man begegnet ihr immer und überall, meist wird es gar nicht mehr bemerkt. Und um sie wenigstens ein bisschen zu beherrschen, solltest du dich mit ihr beschäftigen. Und du wirst sehen, wenn du es nur ganz wenig kannst, kommt so nach und nach das Verständnis und vielleicht auch Spaß, und deinen Lehrer findest du dann auch netter."
Ich begann nachzudenken, so ganz Unrecht hatte Monka nicht, vielleicht sollte ich mal in die Bücher gucken?
Aber jetzt wollte ich mich erst einmal ein bisschen ausruhen und quatschen, denn bald würde meine Oma wieder aufkreuzen, und wenn ich dann mit dem Sandulus rede, würde sie bestimmt denken, ich führe Selbstgespräche.

„Du Monka, die Idee mit den Autonamen für die Jungs war gut. Ein bisschen Angst hatte ich schon, dass sie mich deshalb rumschubsen. Und als ich Imbert und Toni in unserer Straße sitzen sah, hab ich schon ein bisschen Sorge gehabt, dass sie was gegen mich aushecken könnten."

„Lass sie hecken, was sie können, kannst du auch, das musst du dir immer sagen, und dann auch tun.

Du musst ihnen vorführen, wie schlecht sie sich benehmen, oder dass sie selber spüren müssen, wie man sich fühlt, wenn man gehänselt wird. Der Anfang ist gemacht, auch Toni und Imbert lieben es nicht, zum Gespött der ganzen Klasse gemacht zu werden. Lassen sie dich in Ruhe, lässt du sie in Ruhe." Ich sagte doch schon, bei uns im Sandulusreich klappt es ja auch, sogar mit den Wummelwürmern, was nie jemand gedacht hätte."

Monka schaute verträumt in die Ferne. Seine kleine Rüsselnase hing herunter.

„Hallo Monka" ich berührte ihn vorsichtig „du kleiner Lieber".

Ich streichelte ganz zart über sein kleines Murmelköpfchen. Plötzlich hob sich sein Rüsselnäschen, und er berührte damit meinen Finger.

„Verknoten kann ich meine Nase nicht mit dir, wie man das bei uns macht, wenn man sich mag, aber ich hab dich auch gern Isabell, vielleicht gerade, weil du so schöne rote, lockige Haare hast, in denen man herrlich toben könnte, wenn dabei nicht dein Kopf so jucken würde." Und er lachte, und ich lachte auch.
Da hörte ich ein Schließen an der Tür „Monka, meine Oma, schnell in die Puppenhaare". Monka flitzte gerade noch hinein in die rote Perücke, als meine Oma die Tür meines Zimmers öffnete.
„Hallo Bellchen, geht's heute besser. Schau, ich habe dir etwas mitgebracht, und zum Vorschein kam eine große Tüte Lakritze, die ich sehr gern mochte.
„Oh, danke Oma, das ist aber lieb."
„Wie wars in der Schule?"
„Prima, ich kam sogar in Mathe an die Tafel und habe alles gewusst, Herr Schulz hat mich gelobt."
„Na toll, da bin ich stolz auf dich."
Ich hörte ein Schnaufen aus den Puppenhaaren. Auch wenn Monka mir alles vorgesagt hatte, ich freute mich trotzdem über das Lob von Herrn Schulz, und vielleicht sollte ich mich wirklich mit Mathematik beschäftigen, denn es ist ein sehr angenehmes Gefühl, Wissen zu haben, und

dafür gelobt zu werden, auch wenn es diesmal noch nicht mein Eigenes war, aber das kann man ja ändern.
„Hast du denn schon gegessen?“ wollte meine Oma wissen. „Hier ist doch noch Bohnensuppe von gestern, die braucht nur warm gemacht zu werden“.
„Oma, ich möchte jetzt nur eine Stulle und einen Apfel, und heute Abend esse ich mit Mutti und Papa warm.“
„So dein Vater pünktlich ist, aber na gut, machen wir es so.“
„Ich ruhe mich noch ein bisschen aus, und dann gucke ich mal ins Mathebuch, wir schreiben nämlich in den nächsten Tagen eine Arbeit,“ erklärte ich meiner Großmutter.
„Ohlala, das sind ja ganz neue Töne aus deinem Mund“ sagte anerkennend meine Oma.“ Möchtest du vielleicht in deinem Zimmer essen, ich bringe es dir, bleib liegen.“
„Oh ja“, mir war es recht, wenn meine Oma mich wieder mal verwöhnte, so konnte ich auch gleich Monka ein paar Tröpfchen Milch und Brotkrümchen anbieten, ohne dass uns jemand zusah, denn er hatte sicherlich auch Hunger.
Meine Oma ging in die Küche, um kurz darauf mit dem gewünschten Essen wieder in meinem

Zimmer zu erscheinen. „Hier“ und sie überreichte mir das Tablett, auf dem auch die große Tüte Lakritze lag. Ich strahlte meine Oma an: „danke!“

„Ich lasse dich jetzt in Ruhe“, damit verließ sie mein Zimmer, um sich dem Haushalt zu widmen, und ich widmete mich meinem Sandulus.

„He Monka“ keine Antwort „he Monka wo bist du?“ keine Antwort. Ich nahm die Puppe in die Hand, um nach meinem kleinen Freund zu suchen. Aber ich fand ihn nicht. Er ist eingeschnappt, dachte ich, und ich konnte mir auch denken, warum.

„Monka, komm bitte essen. Ich weiß, dass du dich ärgerst, dass ich mich mit deinen Mathekenntnissen geschmückt habe, aber ich habe mich so sehr über das Lob von Herrn Schulz gefreut, das hat er noch nie gemacht, weil ich in Mathe so schlecht bin, aber das kann ich ja ändern, wenn du mir hilfst, und das willst du doch machen, oder?

Du siehst doch sicherlich selbst ein, dass ich meiner Oma nicht von so einem kleinen Käfer erzählen kann, der mir hinterm Ohr saß und in Mathe alles vorsagte.“

„Ich bin kein Käfer“ kam es wütend hinter dem Locher hervor „ich bin ein Wesen, das man Sandulus nennt.

„Ja, das weiß ich doch“ du bist ein Sandulus und mein Freund, und darum möchte ich meinem Freund jetzt etwas zu essen anbieten und dann habe ich hier noch ganz leckere Lakritze.“
Monka kam zögerlich hinter dem Locher hervor.
„Hungrig bin ich schon, aber deine Lügen gefallen mir gar nicht.“
„Monka bitte, ich hab's dir doch erklärt, oder? Ich verspreche dir, ich werde mich in Mathe ein bisschen mehr anstrengen, und wenn du willst, können wir nachher gleich mit dem Üben anfangen.“
Monka schaute mich kritisch an „Du willst es wirklich, du willst wirklich ein bisschen mehr Matheverstand in deinen Kopf hineinkriegen, ja?“
„Ja, das möchte ich, hab ich doch schon gesagt, dass mir das Lob so gut gefallen hat.“
Monka schaute verächtlich „du sollst nicht für ein Lob lernen, du lernst für dich, damit du nicht dumm bleibst, dafür lernst du, nicht für ein Lob vom Lehrer. Das ist eine schöne Sache, und darüber freut man sich, aber man lernt immer für sich selbst. Damit man sein Wissen später zum Nutzen von allen anwenden kann.“
„Monka, was du alles weißt.“
„Na ja, weil ich auch in die Sandulusschule gegangen bin, und aufgepasst habe. Wissen fällt

nicht vom Himmel, da muss man in kluge Bücher schauen oder zuhören, wenn einem was erklärt wird. Wegen meines guten Wissens bin ich auch Späher geworden, das wird nicht jeder." Der kleine Sandulus streckte sich und reckte seine Nase ganz stolz in den Himmel.

Ich tippte mit meinem Finger ganz vorsichtig an den kleinen Rüssel „hey, lass das, das ist unanständig, oder tippst fremden Leuten bei euch auch einfach an die Nase?"

Ich musste lachen „nee Monka, das tue ich nicht, aber du bist mir doch nicht fremd."

„Aber auch nicht mit mir verwandt" schnaubte er.

Jetzt musste ich aber herzlich lachen „du Krümelchen vielleicht mein Bruder?" hahaha, ich hielt mir den Bauch.

„Wie albern du sein kannst!" er guckte leicht verächtlich auf mich.

„Ach Monka, Monka, sei mir wieder gut, du hast mein Lob für deine Mathekünste noch nicht verwunden.

Ich danke dir ganz herzlich für deine Hilfe. Ich erkenne das an, und wenn so ein Mathemuffel wie ich sich dazu entschließt, bei Lehrer Schulz besser zu werden, dann ist es das Größte, was du erreichen kannst, und von mir bekommst du dann auch ein ganz dickes Lob. Aber wenn du mein Freund bist, dann tut auch ein Freund ohne dicken Dank für einen anderen etwas, vielleicht kann ich mich mal revanchieren, man weiß es ja nie." Also lass uns erst einmal essen. Was wir dann auch freundschaftlich taten.

Nach dem Essen wollte ich ein bisschen lesen, was ich auch tat, bis Monka mich unterbrach „du, wenn wir noch Mathe üben wollen, dann sollten wir so langsam beginnen. Herr Schulz hat dir doch aufgeben gezeigt, und dann nimmst du mal ein Übungsheft und fängst an."

Na, der hatte klug krähen, ich nahm zwar das Mathebuch und schaute mir auch die Aufgaben an, die Herr Schulz mir gezeigt hatte, aber ich verstand nichts.

Monka guckte mich an „na, nun lege los."

„Wie soll ich denn loslegen, wenn ich nicht weiß, wie es geht", antwortete ich kleinlaut.

„Nun sag mir nicht, dass du das kleine Einmaleins nicht wie geschmiert kannst."

„Nee, kann ich nicht."

„3 x 3 sind ..."

„9", antwortete ich nach einigem Überlegen.

„Sag mal" fragte Monka fassungslos, „du kannst nicht mal das Einmaldrei, oder Einmalvier usw.?"

„Doch, die unteren Reihen kann ich noch, aber das Einmalsechs, Einmalsieben, Einmalacht, die Drei kann ich ganz schlecht."
„Du hast das nicht geübt, oder in der Schule aufgepasst?" fragte er mich wieder ganz entrüstet.
„Na wenn die mich immer alle ärgern, oder ich ohne Brille nicht alles an der Tafel lesen konnte."
Ich fühlte mich gar nicht wohl bei all den Rechtfertigungen.
„Papperlapapp" sagte Monka „du bist ganz einfach faul. Wenn man zu dir Faultier sagen würde, das würde stimmen, da könntest du dich nicht mal aufregen. Haben denn deine Eltern nichts dazu gesagt, wenn du mit schlechten Noten nach Hause gekommen bist"
„Doch, aber sie haben selbst wenig Zeit und können nicht so viel nach mir sehen."
„Weißt du Isabell, ich würde mich an deiner Stelle schon ein bisschen schämen, wenn meine Eltern den ganzen Tag arbeiten, damit du genug zu essen hast, Kleidung und Spielzeug und Süßigkeiten bekommst, und du machst gar nichts, bist einfach nur faul. Du regst dich über freche Jungs auf, du strenge dich mal ein bisschen an, dann haben alle vor dir Achtung, und das andere ergibt sich dann von selbst."

„Ein Streber will ich auch nicht sein", ich dachte an Bianca, die wegen ihrer guten Schulleistungen auch betuschelt wurde.
„Das brauchst du nicht" meinte Monka „sei einfach du selbst, mit einem guten Maß an Wissen, und jetzt geht es los mit dem Einmaleins."
Wir übten 1 ½ Stunden, und mir brummte danach so der Kopf, dass ich dachte, es ginge gar nichts mehr in meinen Schädel.
„Hol dir noch einen Apfel, und nach dem Päuschen üben wir noch einmal die Aufgaben durch, die Herr Schulz dir gesagt hat."
„Och, ich hab keine Lust mehr" brummte ich.
„Kann der Bäcker auch nicht sagen, der dir jeden Tag Brot bäckt" war die lakonische Antwort von meinem Sandulus.
Also holte ich mir noch einen Apfel, und während ich den verdrückte, hüpfte Monka auf meinem Schulheft herum und kontrollierte mein schriftliches Einmaleins. Sekundenlang hatte ich die Idee, das Heft zuzuschlagen und aus wäre es mit dem Sandulus und ich wäre diesen kleinen Quälgeist los. Aber dann schämte ich mich meiner Gedanken. Er war nicht hier, um mich zu ärgern, er wollte mir helfen, hat sich extra noch nicht in den Wald zurückbringen lassen. Ein erster, zaghafter Ehrgeiz erwachte, ich wollte ihm

beweisen, dass ich nicht faul war. Als wir nach einer halben Stunde endlich aufhörten, surrte es in meinem Kopf wie Fliegengebrumm und alle Zahlen schwirrten durcheinander.
„Monka, ich kann jetzt auch nicht mehr. Ich packe noch meinen Rucksack für morgen, und dann klemme ich mich mit meiner Tüte Lakritze vor den Fernseher. Komm in meine Haare, wir gehen ins Wohnzimmer.
„Nee sagte mein kleiner Freund, guck du ruhig fern, ich brauche ein bisschen Sport“, und ehe ich mich versah, war Monka aus meinen Haaren auf meinen linken Brillenbügel geklettert, hängte sich mit seiner kleinen Rüsselnase dort an und machte Turnübungen.
„Möchtest du ein Stück Lakritze?“ fragte ich flüsternd, damit meine Oma nichts hörte. „Was ist denn das? Hab ich noch nie gegessen“ piepste er zurück.„Das ist dieses schwarze, was ich hier in der Hand habe, mir schmeckt das sehr gut, koste mal.“ Monka kam mit seinem kleinen Mündchen an die Lakritze, legte sein Rüsselnäschen zur Seite und biss in das Lakritzstück um es gleich darauf wieder auszuspucken. Puh-puh, igittigitt, so was esse ich nicht,“ und er prustete mir seine Mini-Lakritzbissen auf die Hand. Das war so niedlich, dass ich laut lachen musste.

„Haha Monka, jetzt hab ich nicht nur Fliegenschiss im Gesicht, sondern auch auf der Hand.
Meine Oma kam ins Zimmer „was gibt's denn hier Lustiges?"
„Ach nichts," und ich kratzte mich am Kopf, weil Monka wieder schnurstracks in meinen Haaren saß und mich ärgerte, indem er an meiner Kopfhaut herumnuckelte.
Isabell, es fällt mir auf, dass du dir recht häufig den Kopf kratzt, ich hoffe, du hast keine Läuse, die gehen jetzt so um. Ich muss mal Mutti Bescheid sagen, dass sie deine Haare kontrolliert."
„I wo Oma" antwortete ich schnell, ich hab bestimmt keine Läuse, ich bin sicherlich nur ein bisschen nervös, weil ich so viel gelernt habe."
Das fehlte mir noch, dass meine Mutter meine Haare untersuchte und eventuell den Sandulus dort entdeckte.
Die würde mir doch gar nicht glauben, dass das ein sprechendes Wesen wäre. Da würde gar nicht erst lange geguckt, da würde draufgehauen, und tot wäre mein kleiner Monka. So viel Freude ich auch mit meinem kleinen, neuen Freund hatte, so anstrengend war es auch ständig aufzupassen, dass ihm nichts passierte.

Irgendwann am Spätnachmittag kam meine Mutter, und als sie mich fragte, warum ich bei dem herrlichen Sonnenschein nicht draußen gespielt hätte, berichtete meine Oma ganz stolz, dass ich gelernt hätte, und ich solle doch mal erzählen. Und ich berichtete meiner Mutter dann von meinem Lob in Mathe, und sie strahlte mich glücklich an und meinte, sie wüsste, dass ich ein kluges Mädchen sei, ich hätte es nur noch nicht an mir entdeckt. Auf jeden Fall aß ich an diesem Abend sehr zufrieden mit mir selber eine Bohnensuppe. Und als ich im Bett lag, dachte ich daran, was es doch für ein aufregender Tag gewesen ist. Meinen Freund Monka hatte ich wieder in die Puppenblusentasche bugsiert, er war genauso erschöpft wie ich.
Für ihn war es ja auch anstrengend, heute Morgen das Bad in der Kaffeetasse, dann den Ausflug auf die Glatze von Herrn Schulz und dann noch mit mir Mathe üben. Monka, dachte ich zärtlich, komm mir nicht abhanden und mit dem guten Gefühl einen Freund, einen wirklichen Freund zu haben, auch wenn er noch so klein war, schlief ich ein.

Am nächsten Morgen goss es wie aus Kannen, und meine Mutter bestand darauf, dass ich meinen Regenmantel anziehe. Rucksack aufgesetzt, Kapuze hoch, und dann begab ich mich raus ich in die Feuchtigkeit. Der Sandulus schwitzte genauso unter der Kapuze wie ich, denn er krabbelte mir auf dem Kopf herum, dass ich mich immerzu hätte kratzen mögen.

Vor der Schule standen schon wieder Toni und Elmar und auch Imbert kam angerannt, weil er sich schnell unters Tor stellen wollte, wegen des Regens. Ich hatte mit Monka abgesprochen, wenn sie mich wieder Feuerwehr rufen, dann sage ich auch wieder Leichenwagen und Rostlaube. Aber oh Wunder, sie sagten nichts.

Imbert wollte gerade seinen Mund aufmachen als Toni ihn fortzog „komm, wir gehen schon rein“. Ich trottete hinterher, und als ich meinen Regenmantel abgelegt hatte und ins Klassenzimmer kam empfing mich schon meine Freundin Ursel „hast du schon gehört, wir schreiben eine Mathearbeit. „Eine Mathearbeit“ mir wurde warm und kalt „ja, eine Übung“.

Ich hatte ja gestern geübt, aber ob einmal lernen ausreicht, gleich eine Übung ordentlich zu meistern?

Gestern war ich noch so stolz über das Lob von Herrn Schulz, und heute würde er merken, dass ich eigentlich nichts konnte.

Ich rannte auf die Toilette, auf der sich zum Glück kurz vor Stundenbeginn niemand aufhielt.
„Monka, was mach ich bloß, wir schreiben doch eine Arbeit in Mathe, und nun wird Herr Schulz merken, dass es mit meiner Mathe doch nicht so weit her ist."
„I wo" tröstete mich Monka, „das wird er nicht, ich werde dir schon ein bisschen helfen, aber natürlich können wir es nicht so machen, dass du alles richtig hast, einen Fehler müssen wir schon zulassen, aber den Rest, da werde ich dich unterstützen."
Ganz beruhigt war ich nicht, aber etwas getröstet schon. Monka war bei mir, und wenn er nicht wieder aus meinen Locken knallte, konnte eigentlich so viel nicht schief gehen.
Und richtig, Herr Schulz betrat den Klassenraum mit den Worten „Kinderrr, heute wollen wirr mal eine kleine Übung schrrreiben, damit ich eurrren Wissensstand feststellen kann, um mirrr ein Bild zu machen, wo noch Wissenslücken sind, damit alle Schülerrrinnen und Schülerrr die grrrosse Klassenarrrbeit gut meisterrrn."
Mich guckte er besonders an „Isabell, nach deinem gestrrrigen Tafelrrrechnen wirrrst du das auch schaffen.

Also holten wir unsere Übungshefte heraus und los gings: Malaufgaben, Minusaufgaben, Plusaufgaben, sechs Blöcke waren zu rechnen. Zu meiner großen Freude stellte ich fest, dass ich einige Aufgaben allein lösen konnte, das Büffeln gestern hatte ich also gelohnt, und wenn ich es gar nicht wusste, dann piepste Monka mir die Lösung ins Ohr. Zwei Aufgaben wusste ich einfach nicht, und Monka sagte auch nichts.
Auf dem Nachhauseweg erklärte er mir, dass ich nicht auf einmal die perfekte Mathematikerin sein könnte, sondern schon den Eindruck erwecken müsse, dass ich mir Stück für Stück die Mathematik erschließe, was ja wohl auch das Ziel sei, und er piekte mich hinter dem Ohr.
Das Regenwetter hatte sich in strahlenden Sonnenschein gewandelt, und ich wäre am liebsten in den Wald zum Spielen gegangen.
Es riecht nach einem Sommerregen im Wald immer so schön.
Aber ich wollte dort natürlich nicht hin, auch nicht mit meinen Freunden, die nach mir riefen. Ich hätte es Monka nicht antun können, allein in den Wald zu gehen, und wenn ich ihn mitnahm, befürchtete ich, dass er in sein Reich ging, und er dann für mich für immer verloren sei, und ein bisschen wollte ich ihn schon noch behalten.

Es war ein bisschen egoistisch gedacht, aber es war so.
Ich ging in unseren Hausgarten und legte mich in den Liegestuhl. Ich hatte eine prickelnde Himbeerbrause mit und Kekse und Monka hinterm Ohr. Vorsichtig holte ich ihn hervor und legte ihn in meine Hand. „Monka weißt du was, alle meine Freunde sind im Wald, meine Oma nicht mehr im Haus, meine Eltern noch nicht da, zu lesen

habe ich auch keine Lust ... wie wäre es denn, wenn du mir deine Geschichte weitererzählen würdest?"
„Welche Geschichte, was speziell meinst du?"
„Na du hast mir doch von Dilla, Dulla und Wummelwurm Klaus erzählt. Wie geht denn das nun weiter als der Klaus des Sandulusreich verlassen hat. Du sagtest, daraus wäre eine Freundschaft entstanden, und die Wummelwürmer, die ihr gar nicht leiden konntet, mit denen ihr sogar verfeindet ward, das sind jetzt eure Freunde."
„Hm, das stimmt, aber es ist ein bisschen lang, das alles zu erzählen, was mir da so zugetragen wurde, und eigentlich habe ich keine Lust dazu."
„Aber ich, das Wetter ist so schön, wir sind im Garten, und da kannst du mir doch die

Geschichte weitererzählen!? Ich musste gestern auch Mathe üben, obwohl ich keine Lust hatte."
„Matheüben hast du für dich getan Bellchen, er lachte bei dem Kosenamen, Geschichten erzählen mache ich nur für dich."
Unter Freunden macht man doch so was gern" bettelte ich weiter.
„Na gut", etwas lustlos hängte sich Monka mit seiner Rüsselnase an eine Locke hinter meinem Ohr, und dann begann er:
„Tja, alsoooo, ich kann nur erzählen, was Dulla mir gesagt hatte, als ich sie danach fragte, wie das denn mit Klaus weitergegangen wäre, als er zu den Wummelwürmern zurückkam, und sie erzählte mir dann, was er ihr erzählt hat und nur das kann ich dir erzählen."
„Monka, bitte keine so lange Vorgeschichte, fang einfach an", bat ich schon ganz neugierig.
„Ja, ja, es geht jetzt los:
Klaus, der Wummelwurm ...", „weiß ich doch, dass er ein Wummelwurm ist" unterbrach ich ungeduldig.
„Also nochmals, Klaus, der Wummelwurm atmete erst einmal tief durch, als er durch das Tor des Sandulusreiches kroch. Ihn beschlichen gemischte Gefühle. Auf der einen Seite freute er sich, seine Familie, Freunde und alle Bekannten

wieder zu sehen, aber gleichzeitig bedauerte er auch, sich von Dulla verabschiedet zu haben. Ob es je ein Wiedersehen geben würde? Klaus seufzte. Ihm hatte Dulla gefallen in ihrer Andersartigkeit, mit ihren blauen Augen und ihrer lustigen Rüsselnase, er seufzte wieder.
Langsam näherte er sich dem Wald und die ersten Wummelwurmhäuser waren zu sehen. Die Häuser der Wummelwürmer waren anders als die der Sandulusse, sie sahen aus wie große Maulwurfshügel.
Sie hatten auch Gärten, aber die waren eher braun und matschig und übersäht mit grünen Blättern, die zu Kartoffelpflanzen, Wurzeln und Gemüse gehörten, wovon die Wummelwürmer vorrangig lebten. Den Apfelanbau kannten sie nicht. Kein Wunder also, dass sie ab und an zu den Sandulussen kamen, und die köstlichen Äpfel verschlangen, schließlich wurde den Äpfeln auch nachgesagt, dass sie glücklich machen. In ihrer Jagd nach den Regenbogenäpfeln richteten sie mit ihren für Sandulusse doch recht großen unförmigen Leibern gewaltigen Schaden an und galten als Feinde.

Es fing an zu regnen, und bei dem Wetter war niemand auf der Straße. Klaus war das ganz

recht, so brauchte er keine unnötigen Fragen zu beantworten, wo er gewesen wäre und woher er käme. Und dann stand er vor seinem Haus. Langsam öffnete er die Tür und kroch hinein. Vater Paul saß im Sessel und las die Zeitung, und aus der Küche kam der Geruch von Kartoffelsuppe, Mutter Trude bereitete das Essen.
Der Vater schaute auf, und dann rief er „Mutter, komm schnell her, unser Junge ist da. „Die Küchentür flog auf, und schon wummelten sich alle drei lachend und weinend zusammen. „Junge, wo kommst du her?“, fragte die Mutter mit tränenerstickter Stimme. „Wir dachten schon, wir sehen dich nie wieder.“
„Ich war bei den Sandulussen“ berichtete Klaus. Und dann erzählte er den erstaunten Eltern, wie es ihm dort ergangen war.
„Man hat dich einfach wieder kriechen lassen?“, fragte ungläubig der Vater. „Ja Papa, und sie haben mich nicht schlecht behandelt. Und ich habe da sogar eine Freundin.“ fügte Klaus leise und etwas verlegen hinzu.
„Ach ja?“ Mutter Trude fixierte skeptisch ihren Sohn und tauschte einen viel sagenden Blick mit ihrem Mann aus.
„Geh dich jetzt erst einmal duschen, mein Junge, dann gibt's Mittagessen. Heute und morgen

kannst du noch zu Hause bleiben und dich von den Aufregungen ausruhen, übermorgen gehst du dann aber wieder in die Schule.

Während des Mittagessens fragte Klaus „wo ist eigentlich Hotta?"

Hotta war sein großer Bruder, Klaus mochte ihn sehr.

„Hotta ist mit unserem Nachbarn, dem Heinz, auf dem Lehmberg. Sie bessern die Rillen aus. Du weißt, dass wir Oktober haben, und am 6. ist doch das große Rillenraserfest. Mal sehen, welche Familie in diesem Jahr den Sieger stellt." Der Vater löffelte seine Suppe und schmatzte genüsslich.

Rillenraserfest, wie konnte ich das vergessen, dachte Klaus. Für die Wummelwürmer war das ein großes Ereignis, welches mit einem Riesenaufwand betrieben wurde. Von der Höhe bis zum Fuße des Lehmbergs waren große Rillen wie Rutschen angelegt, und durch diese rutschten die nass besprühten Wummelwürmer mit rasender Geschwindigkeit. Jeder wollte der Schnellste sein. Es gab tolle Preise, und besonders wichtig: Die Ehre des Siegers, für ein Jahr wurde man Rillenraserkönig genannt.

Die Bewerberzahl für das Rennen war immer sehr groß. Jede Familie durfte einen Kandidaten aufstellen. Klaus wollte es gern übernehmen, seine Familie zu vertreten, aber vielleicht wollte auch Hotta mitmachen? Er wollte das gleich mal klären.

„Mutti, ich möchte zum Lehmberg."

„Willst du dich nicht noch ein bisschen ausruhen?"

„Och nö, ich muss doch meinen Bruder begrüßen, und dann möchte ich mit Hotta auch gleich etwas besprechen."

„Na gut, wenn dir das so wichtig ist, dann seid aber beide pünktlich zum Abendbrot und lasst uns nicht so lange warten."

„Nee, nee, wir versuchen pünktlich zu sein" und dann sauste Klaus los.

Unterwegs traf er einige Wummelwürmer, die erstaunt waren, ihn wieder zu sehen, und überall musste er erzählen, wo er gewesen war. Er kam gar nicht so schnell zum Lehmberg und still stellte er für sich fest, dass er eine interessante Persönlichkeit geworden war, denn es sprachen ihn Wummelwürmer an, die vorher nie von ihm Notiz genommen hatten. Ist schon seltsam, dachte Klaus, die Leute behandeln mich wie einen Helden, dabei hatte ich bei den Sandulussen mehr Angst als Mut. Aber das musste er ja keinem erzählen.

Jetzt wollte er auf den Lehmberg, seinen Bruder begrüßen und sehen, ob er am Rillenraserrennen teilnehmen durfte.

Wenn er da gut abschnitt, dann wäre er auch vor sich selbst ein Held. Klaus sah seinen Bruder Hotta schon von weitem, der am unteren Ende die Rille glättete. "Hoootta!!!" schrie er. Der drehte sich um und sauste ihm entgegen. „Hallo Klaus, wo warste denn? Wir haben uns schon Sorgen um dich gemacht!"
Klaus erzählte seine Erlebnisse, denen Hotta ebenso aufmerksam lauschte wie alle anderen. „Na, ich bin aber froh, dass wir dich wiederha-

ben, du weißt ja nicht, wie Mutter deswegen geheult hat."

„Kann ich mir denken, tut mir ihretwegen auch leid, aber ansonsten war es eine tolle Erfahrung. Sag mal, Hotta, was anderes, wann gibt es denn das erste Proberutschen?"

„Morgen, du möchtest wohl mitmachen was?" Hotta sah Klaus abschätzend an.

„Ja, schon, wenn du nicht ...?"

„Nee, nee, ich hab es doch schon zweimal probiert und nichts gewonnen, aber vielleicht rettest du ja die Ehre der Familie."

„Ehrlich Hotta, ich darf rutschen?" Klaus wummelte seinen Bruder, er jauchzte und ihm sprangen vor Freude die Augen aus dem Kopf.

Hol die Guckchen rein, Kleiner, du darfst gerne rutschen, und ich denke, Mutter und Vater ist es auch recht."

Klaus zog seine raus gesprungenen Augen wieder rein und strahlte über das ganze Gesicht.

„Ach Isabell, ich glaube, ich habe noch nicht erzählt, dass die Wummelwürmer die Fähigkeit haben, ihre Freude so zu zeigen, dass ihnen die Augen förmlich aus dem Kopf springen. Wie Teleskopaugen stehen sie dann, und es sieht lustig aus, wenn die Augen dabei an ihren Köpfen wippen. Wenn sie dazu noch mit ihren großen Mündern grinsen, dann muss man die Wesen einfach gern haben." Monka kicherte und drehte seine Nase zu einer Spirale. Darüber musste auch ich lachen, aber ich drängelte: „Monka, das versteh ich doch längst, erzähl doch weiter ..."

„Wo waren wir stehen geblieben?" Monka sah mich fragend an.

Na Klaus war am Lehmberg und hat mit seinem Bruder ausgemacht, dass er am Rillenraserrennen teilnehmen würde."

„Ja, äh, Klaus fragte nun seinen Bruder: „Wie lange brauchst du denn hier noch Hotta?"

„Na knappe zwei Stunden, aber wenn Du mir hilfst, bin ich natürlich schneller fertig und wir können zusammen nach Hause kriechen."

„Gemacht" versprach Klaus bereitwillig, und sie glätteten gemeinsam die Rennrille und rutschten, als es dämmerte, gemeinsam heim.

„Sag mal Hotta, was macht denn mein Freund Lothar?"

„Lothar, du, dem geht es nicht so gut. Du weißt doch, er hat's immer mit den Augen. Gestern waren sie so vereitert, er konnte nicht einmal in die Schule".

„Oh, das tut mir aber leid" Klaus war ganz bestürzt.

„Weißt du, besuche ihn doch einfach, er würde sich sehr freuen, denn er hat dich auch vermisst. Bis zum Abendbrot ist noch eine Stunde Zeit, weil wir zu zweit gearbeitet haben waren wir ja schneller fertig, und ich sage Mutti Bescheid, wo du bist“, Hotte lächelte seinem Bruder aufmunternd zu.
„Ja, das werde ich auch machen“ und Klaus bog ab, um zum Haus von Lothar zu kommen.

Lothar lebte mit seiner Mutter allein, sein Vater war vor vielen Jahren im Reich der Sandulusse tot gekitzelt worden, als er sich an deren Äpfeln vergriff. Seit sie allein lebten, ging es der Familie nicht so gut. Die Mutter war froh, dass sie nur Lothar hatte, denn sie verdiente als Verkäuferin in einem Kartoffelladen nicht sehr viel. Aber Lothar war ihr ein und alles. Er war klein und schwach, er könnte niemals als Rillenraser mitmachen, keine Chance, aber er war der beste Freund, den Klaus sich denken konnte, immer hilfsbereit, immer zuverlässig und er würde vor allem nie einen Freund verraten. Lothar hatte als einziger gewusst, dass Klaus in das Sandulusreich schleichen wollte, und hatte niemandem davon erzählt, auch dann nicht, als Klaus nicht zurückkam. Er vertraute auf den Freund.

Als Klaus jetzt so plötzlich vor ihm stand schrie er vor Freude auf, so dass seine kranken Augen aus den Höhlen sprangen und sie wippten vor Aufregung und Freude so stark, dass Klaus schon befürchtete, sie könnten abbrechen.
„Klaus, mein Freund, du wieder hier, bin ich aber froh, ich kann's gar nicht sagen wie sehr" und ein breites Grinsen überzog sein Gesicht. Lothar holte tief Luft, um seine Augen wieder reinzuholen. Auch Lothars Mutter lächelte froh „Klaus, ich begrüße dich" sagte sie sanft „komm herein und erzähle, magst was essen oder trinken?"
„Nein danke, Klaus wollte nichts, von dem Wenigen, was die Zwei hatten, ohnehin nicht, außerdem erwartete ihn seine Mutter ja bald zum Abendessen.
Klaus schaute auf Lothar, dessen Augen gingen gar nicht wieder richtig in den Kopf, und auch jetzt sah er erst, dass Eiter an den Wimpern klebte.
„Lothar, was ist denn mit deinen Augen, die sind ja ganz verklebt und rutschen nicht richtig in den Kopf." Klaus schaute besorgt auf den Freund.
„Ach, das wird sich wieder geben, ich muss nur vorsichtig sein, Tageslicht und Zugluft sind im Augenblick nicht so gut für mich." Lothars Stimme klang ein bisschen bedrückt.

„Na, hoffentlich kannst du dann zum Rillenraserrennen kommen, und die große Neuigkeit, ich soll nämlich für unsere Familie mitmachen“ aus Klaus’ Stimme sprach Stolz.
„Was???“ Lothars Augen wollten vor Freude wieder springen.
„Lass sie drin, lass sie drin, hol tief Luft und lass sie drin, schrie Klaus, der doch langsam Angst um Lothars Augen hatte.
„Schon gut, schon gut“ beschwichtigte Lothar, „ich darf mich eben nicht so sehr freuen.“ Aber nun erzähle erst noch schnell, wie es dir denn bei den Sandulussen ergangen ist“ wollte Lothar neugierig wissen.
„Bei wem?“ fragte seine Mutter erschrocken und ernst. Sie hatte ja auch nichts von Klaus’ Ausflug gewusst.
„Bei den Sandulussen“, sagte Lothar „er war bei unseren Erzfeinden“.
„Klaus sah die beiden an „es sind nicht unsere Erzfeinde, es sind genauso Lebewesen wie wir. Aber sie leben anders und sie sehen natürlich anders aus, das ist der ganze Unterschied. Und man hat mich unbeschadet zurückkriechen lassen, wie man sieht, und ...“, er zögerte einen Augenblick mit dem Weitererzählen „ich habe da eine Freundin gefunden“, Klaus lächelte verlegen.

Lothar und seine Mutter guckten verständnislos.
„Quatsch", meinte Lothar.
„Na, das würde ich mir aber überlegen", meldete Lothars Mutter ihre Zweifel an.
Der Name „Sandulus" verbindet sich bei mir mit großer Trauer."
„Das kann ich wohl verstehen, aber ich habe die Sandulusse als gute Wesen kennen gelernt, da waren wir Wummelwürmer eher die Gemeinen, die ihnen alles kaputtgemacht haben" antwortete Klaus. Aber das zu diskutieren reicht heute die Zeit nicht mehr, ich muss nämlich nach Hause, meine Eltern werden mit dem Abendbrot waren, und meine Mutter mag es gar nicht, wenn man sich verspätet. „Ich wollte einfach nur schnell guten Tag sagen ... und Lothar, ich komme morgen noch nicht in die Schule, meine Eltern meinen, ich soll mich von all den Aufregungen noch einen Tag ausruhen, aber übermorgen sehen wir uns dann ja?"
„Ach, wie freue ich mich Klaus, dass du wieder da bist, da kann Enrico in der Schule endlich nicht mehr so eine große Klappe haben."
„Also tschüss", „tschüss", die Tür fiel ins Schloss, und Klaus sah zu, dass er nach Hause kam.
Am Schultag holte Lothar seinen Freund Klaus ab. Jetzt hatte er endlich wieder einen Beschüt-

zer bei sich. Enrico hatte nämlich die Abwesenheit von Klaus zum Ausbau seiner Vormachtstellung benutzt und spielte sich als King auf. Lothar als Klaus bester Freund hatte besonders unter ihm zu leiden. Er hänselte ihn fortwährend und spuckte ihm, zur großen Freude manch gehässiger Mitschüler, gerne auf die kranken Augen. Auf die Augen zu spucken galt bei den Wummelwürmern als die größte Gemeinheit. Aber selbst, wenn es einige Mitschüler gab, die das Spucken nicht in Ordnung fanden, es getraute sich keiner, dem frechen Enrico entgegenzutreten.
Nun war also Klaus wieder da. Die meisten wussten längst, dass er im Sandulusreich gewesen war, und es gab manch bewundernde Blicke von den Wummelwurmmädchen. Manche Wummelwurmjungen waren erfreut und interessiert an Klaus Erlebnissen, aber es gab auch ein Grüppchen, das seinen Neid nicht verstecken konnte oder wollte, und von deren Seite Klaus offene Feindseligkeit entgegenschlug.
Zu dieser Gruppe gehörte Enrico, der mit verschlagenem Blick Klaus betrachtete und dann gemeinsam mit seinen Freunden Enzo und Berzi zu Klaus kam „na Angeber, wieder hier? Wir dachten schon, du wärst krepiert, dass auch besser für dich gewesen wäre.“

„Wieso?“, fragte Klaus ruhig.
„Wer mit den Sandulussen paktiert, den wollen wir hier nicht mehr haben,“ Enrico grinste böse.
„So?“ Klaus richtete sich drohend auf. Er fürchtete sich nicht vor Enrico. Er war nicht für Gewalt und schlagen, seine Mutter hatte ihn gelehrt „es schlagen nur die Dummen, die keinen Grips im Kopf haben, die anderen klären Streitigkeiten mit Worten.“ Aber Enrico verstand leider nur die Sprache der Gewalt.
Großer Körper, kleines Gehirn, dachte Klaus abwertend.
Die Schulglocke tönte und setzte der drohenden Situation ein Ende. Enrico und Klaus tauschten bitterböse Blicke aus, die Sache war noch nicht ausgestanden.
Die letzte Stunde war Sportunterricht. Die Wummelwürmer hängten sich mit ihrem Wurmende an ein großes Hanfseil, und dann schwebten sie der Reihe nach durch die Turnhalle, was ihnen einen Riesenspaß machte.
Nur Lothar schaute ein bisschen ängstlich, Sport war nicht gerade seine Stärke. „Na, ihr seid ja gut in Form“ kam Lehrer hurtig auf sie zu, wer von euch nimmt denn am großen Rillenraserrennen teil?“

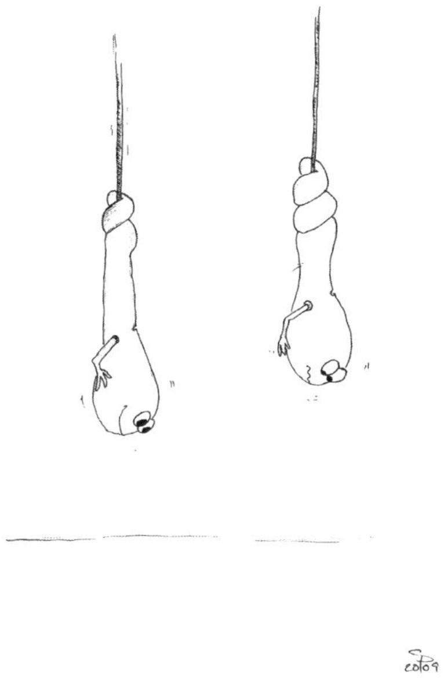

„Ich“ meldeten sich wie auf Kommando Enrico und Klaus, und sie guckten sich verblüfft an, denn beide waren noch nie gemeinsam gestartet. „Oh, meine besten Turner, na, da bin ich ja gespannt.“ Auch die Mitschüler waren es, denn bisher war die Teilnahme noch nicht bekannt gegeben worden.
„Ach, Angeber will weiter angeben“, bemerkte Enrico gehässig.
Klaus ging gar nicht darauf ein. Abwarten dachte er, ich werde mein Bestes geben und versuchen,

diesem Großmaul dadurch Größe zu zeigen, dass ich gewinne.
Am Abend sagte Hotta zu Klaus „Kläusa, morgen geht's auf den Lehmberg, dann starten die Probeläufe, mal sehen, wie schnell du sausen kannst."
Klaus strahlte „wann denn?"
„Na nachmittags, nach der Schule."
„Oh, da werde ich mich beeilen nach Hause zu kommen und dann zu dir auf den Berg."
„Das hoffe ich doch! Also schlaf dich gut aus, bis morgen!"
Klaus konnte vor Aufregung kaum schlafen, und in der Schule kam ihm der Unterricht sooooo lang vor, die Stunden waren wie angestemmt. Aber das kennt ja jeder, wenn man sich auf etwas freut, und die Zeit will nicht vergehen.
Nachmittags ging Lothar natürlich mit auf den Lehmberg, er wollte die ersten Trainingsergebnisse von Klaus miterleben. Unterwegs trafen sie noch Enrico mit seiner Clique, aber die versteckte Feindseligkeit ließ einen den anderen nicht beachten.
Am Lehmberg wartete schon Hotta. Na, da seid ihr ja endlich, dann wollen wir uns mal nach oben begeben. Oben angekommen guckte Klaus ein bisschen skeptisch auf die Raserrille.

Es war doch ganz schön steil und lang bis runter, und wenn man nicht aufpasste, konnte man sicherlich auch aus der Bahn geworfen werden und sich verletzen.
„Aua, ich kann da gar nicht runtergucken, da wird mir schon mulmig“ meinte Lothar, „dir nicht auch Klaus?“
„Na ja, phhhh ...“, aber dann sah er die lauernden Augen Enricos und sein arrogantes Grinsen. „Ach weißt du, ich werd's schon schaffen, ich muss“, und Klaus stellte sich unter die Dusche um seinen Körper anzufeuchten, damit er besser gleiten konnte. Dann kroch er an den Startplatz.
Klaus, du schaffst das“ munterte Hotta ihn auf. Und dann ein Abschubsen und Klaus jagte durch die Rille.
Es flog nur alles so an ihm vorbei, er konnte nichts erkennen. Nur nicht aus der Rille rasen und heil unten ankommen, waren seine einzigen Gedanken, und er versuchte, sich geschmeidig in die Kurven zu legen, um eine gute Zeit zu erwischen.
„Die drittschnellste Zeit“ sagte Christian, der Schiedsrichter, “toll für einen Anfänger!“
Klaus lächelte glücklich. Aber Enrico war genauso gut, er war sogar noch etwas schneller.

Es würde ein harter Kampf werden. Sie probten bis zum Dunkelwerden, bis man wirklich nichts mehr sah, und die Raserei zu gefährlich wurde. Die Sirene ertönte, das war das Signal, dass die Bahnen geschlossen würden.
Morgen ging es also ums Ganze.
Am Abend saßen Hotta, Klaus und Lothar noch zusammen und diskutierten jede Biegung und jedes Gefälle der Bahn, um die bestmögliche Zeit zu erzielen.
„Wisst ihr, der Sieg an sich ist mir nicht so wichtig, aber der Sieg über Enrico, der ist wichtig, der darf einfach nicht gewinnen, sonst schnappt er über."
Klaus reckte und streckte sich.
„Wenn du ruhig bleibst, Klaus, ruhig und besonnen, und deine ganze Kraft auf das Rennen konzentrierst, dann stehen deine Chancen so schlecht nicht. Lasse dich durch nichts ablenken, bündele deine Kräfte in dem Gedanken an den Sieg." Und Lothars Augen begannen in Vorfreude bedenklich zu wackeln an. „Morgen Lothar, morgen kannst Du sie springen lassen, wenn alles klappt," Klaus lächelte den Freund an.
Bestimmt Klaus, du machst das, ich setze voll auf dich."

Ich auch“ fügte Hotta hinzu, und alle drei waren von Siegeswillen erfüllt.

Rillenraserfest, welch eine Aufregung im Wummelwald. Schon am frühen Morgen begaben sich die ersten Wummelwürmer zum Lehmberg, um einen guten Platz zum Zuschauen zu erwischen. Sie zogen mit ganzer Familie und beladen mit Picknickkörben los und begutachteten fachmännisch die von den einzelnen Familien gemeldeten Raser.

Als Klaus mit seiner Familie gemeinsam mit Lothar und dessen Mutter ankam, wurde bedeutungsvoll auf ihn gezeigt. Es hatte sich herumgesprochen, dass er Siegchancen hätte. Auch Enrico galt als einer der Favoriten und erntete interessierte Blicke.

Und dann ging es los, die Starter begaben sich auf den Berg und ließen sich von ihren Helfern mit Wasser einsprühen, damit sie auf dem Lehm so richtig gut in der Rille rutschen konnten. Mit Beifall und „hey, hey hey“ wurde jeder Starter angetrieben.

Vier Starter waren schon die Rille runtergerast, dann kam Enrico

dran. Es ließ sich von seinem Vater kraftvoll anschubsen und jagte mit einem Affenzahn

durch die Rille, dass den meisten schon vom Zuschauen schwindlig wurde.
„Enrico Platz eins“ tönte es aus dem Lautsprecher. Siegessicher und überheblich sonnte Enrico sich in dem Ergebnis. Noch zwei Starter, und dann musste Klaus ran.
„Enrico Platz eins, Enrico Platz eins ...“ tönte es laufend in seinem Kopf. Klaus ganzer Körper versteifte sich vor Angst und Aufregung. Sein Bruder Hotta kam auf ihn zu „Klaus, keine Angst, die lässt dich verkrampfen. Denke daran, er ist gut, aber du bist besser. Alle Kurven schneide kurz, nur die Letzte gehe hoch an, damit du genug Schwung für die Zielgerade kriegst. Ich gebe dir hier oben schon genug Schwung, damit du einen guten Start hast.“
Klaus atmete einige Male tief durch und kroch mit Hotta, als seinem Anschieber an den Start. Lothar mit vor Aufregung schnipsenden Augen immer hinter ihm her. Noch einmal mit Wasser eingesprüht, noch einmal die Lungen voll Luft gepumpt, und dann wurde gestartet. Mit einem gewaltigen Schub setzte Hotta seinen Bruder in die Raserrille. Wie eine Rakete jagte Klaus dem Ziel entgegen, schnitt elegant die Kurven, immer mit dem Gedanken, nicht aus der Rille zu sausen, raste die Gerade entlang, die letzte Kurve,

hoch angeschnitten, wie von Hotta empfohlen, die Zielgerade pfeilschnell entlang geschossen, und dann der Sprung ins Zielwasser, das den heißen Raserkörper abkühlte. Klaus tauchte sekundenlang unter, und als er hoch kam, hörte er nur „Sieg, Sieg, Sieg“. Die Augen vieler Wummelwürmer waren vor Freude aus dem Kopf gesprungen und Klaus sah sich umgeben von einer großen Menge wackelnder Teleskopaugen und breiten, strahlenden Mündern.
Lothar und Hotta kamen auf ihn zugelaufen „das müsste der Sieg sein, es kommen nur noch zwei Starter, und die waren schon im Vorlauf zu langsam“ jauchzte Hotta. Und richtig, so war es auch, die schnelle Zeit von Klaus war nicht mehr zu unterbieten.
Glücklich, und noch ganz benommen von der Raserei nahm Klaus die Glückwünsche entgegen. Seine Eltern und die Mutter von Lothar kamen freudestrahlend auf ihn zu und umarmten ihn mit den Worten.
„Junge, was sind wir stolz auf dich!“ Die Mutter hatte Freudentränen in den Augen „mein Sohn ist Rillenraserkönig, sie konnte es gar nicht fassen.
Unweit von ihnen stand Enrico mit seinen Freunden und seiner Familie. Klaus wollte in seiner

Freude zu ihnen hingehen und ihm versöhnlich die Hand reichen. Für ihn war dies ein Moment, alte Streitigkeiten zu begraben, Enrico ist ja auch ganz toll gerast wollte er ihm sagen.
Als er sich ihm mit Lothar näherte, kam Enrico ihnen auch entgegen. Klaus strahlte ihn an „Enrico“ und in dem Moment gab es einen fürchterlichen Schrei. Enrico hatte Lothar in wilder Wut und Enttäuschung auf die Augen gespuckt. Auf die kranken Augen, die Lothar vor Freude ausgefahren hatte, und die jetzt nicht wieder in seinen Kopf zurückschnipsen konnten.
Die Freude über den Sieg war jetzt zweitrangig, jetzt ging es um einen Freund, der mit schmerzverzerrtem Gesicht um Hilfe rief.

„Waaas?, so ein fieser Kerl“, ich verschluckte mich an meiner Brause, die ich gerade trinken wollte. „Wieso hat der Enrico denn so was Gemeines gemacht, er wusste doch, dass Lothar kranke Augen hat?“ Ich war außer mir vor Entrüstung.
„Aus Neid und Missgunst wird so reagiert“, klärte mich Monka auf.
Er reckte sich und kam mir aufs Knie gelaufen.“ Ich glaube, ich muss mich jetzt mal ein bisschen ausruhen, immer hinter deinem Ohr an der Locke hängen ist doch ziemlich anstrengend,

mir tut schon meine Nase weh.“ Monka rieb sich mit seinen kleinen Händen sein Rüsselnäschen.

„Bitte Monka, hör jetzt nicht auf zu erzählen, ich bin doch so gespannt, wie es weitergeht. Du kannst doch nicht mitten in der Geschichte sagen, dass du keine Lust mehr hast.“

„Das habe ich auch nicht gesagt, ich habe nur gesagt, dass mir meine Nase weh tut, und das tut sie auch. Hänge du mal die ganze Zeit irgendwo an einer Locke und erzähle ohne Unterlass, da tut dir auch deine Nase weh und der Mund wird dir vom vielen Erzählen auch ganz trocken.“

„Monka komm, ich gebe dir mal ein bisschen Brause und dann geht es bestimmt gleich weiter, ja, du kannst ja auch auf meiner Schulter sitzen oder liegen, da kann ich dich auch prima verstehen. Außerdem ist die Gelegenheit zum Geschichteerzählen günstig. Es ist keiner da, wir haben Zeit und sitzen ganz gemütlich im Garten.“ Ich wollte den kleinen Sandulus unbedingt zum Weitererzählen animieren.

„Ja, ja, für dich ist es auch ganz prima“ maulte Monka ein bisschen rum, „du sitzt da, lässt es dir wohl sein, und ich bin die ganze Zeit mit Reden beschäftigt.“

Ich versuchte es mit einer kleinen List „wieso haben Wummelwürmer Teleskopaugen, die

ihnen bei Freude aus dem Kopf schnipsen?" wollte ich wissen.
„Das weiß ich doch nicht" antwortete Monka etwas gereizt. „Das ist bei ihnen eben so, wie bei uns die Rüsselnasen, die wir miteinander verknoten, oder wie bei euch das Klatschen, oder das Lachen oder was weiß denn ich, ich bin doch nicht Professor Rulfi."
„Wer ist denn Professor Rulfi?" den Namen hatte ich doch schon einmal gehört, er lebte bei den Sandulussen, aber so genau wusste ich das auch nicht mehr.
„Na, Professor Rulfi ist der klügste Mann bei uns im Reich, immer wenn jemand irgendetwas nicht weiß, wird er zu Rate gezogen, und er hat auch Lothar mit seinen Augen geholfen, weil keiner sonst ihm helfen konnte."
„Professor Rulfi hat also veranlasst, dass ihr euch vertragt?" so langsam verstand ich gar nichts mehr.
„Neinnnnnn, der hat das doch nicht veranlasst, das wir uns mit den Wummelwürmern vertragen, er hat dem Lothar geholfen, und durch diese Hilfe kam dann das ganze Vertragen zustande." Monka hängte seine Nase in die Brause, die ich für ihn auf eine Untertasse gegossen hatte. Dann schlenkerte er damit herum wie ein kleiner Ele-

fant, so dass ich lachen musste, und er lachte auch.
„Na gut, ich fühle mich erfrischt, und wenn ich auf deiner Schulter sitzen bleibe, ist das nicht so anstrengend, und ich kann mit der Wummelwurmgeschichte fortfahren, wo waren wir stehen geblieben?“ Monka schaute mich fragend an.
„Mit dem Spucken, mit dem bösen Spucken von Enrico auf Lothars kranke Augen“ antwortete ich aufgeregt.
„Nein, wir waren beim Rillenraserrennen und bei dem Sieg on Klaus, und dann kam das Spucken von Enrico“ wies mich Monka zurecht.
„Ja, ja ...“ ich wollte keine Erklärungen weiter, ich wollte einfach nur, dass er weitererzählte.
Monka legte sich auf den Rücken und reckte seine Rüsselnase in den Himmel:
„Lothar schrie und schrie, „meine Augen, meine Auhugen“ und er versuchte mit seinen Händen seine ausgefahrenen Teleskopaugen zu fassen um sie von Enricos Spucke sauber zuwischen.
„Lass das, fasse nicht die Augen an“ riet ihm ganz aufgeregt seine Mutter, du brichst sie sonst noch ab.“
„Ich kann nicht sehen, und meine Augen brennen ganz fürchterlich“, Lothar jammerte, und alle Umstehenden wussten nicht, wie sie ihm helfen

sollten. Selbst Enrico war erschrocken darüber, was er soeben angerichtet hatte. Seine Eltern kamen, und zogen ihn beiseite, weil Klaus, nachdem er Lothar betrachtet hatte, sich wutentbrannt an Enrico wandte. Nur der Besonnenheit seines Bruders Hotta war es zu verdanken, dass es hier nicht zu einer großen Rauferei kam. Das so fröhlich begonnene Rillenraserfest war durch diese Tat schlagartig beendet. Jedem war die Lust auf Frohsinn vergangen. Es wurde nur darüber diskutiert, warum Enrico so etwas Böses getan hatte.

Nachdem Klaus sich beruhigt hatte, suchte sein Vater den Vater von Enrico auf: „Max, ich glaube, hier sollten wir beiden Väter uns mal unterhalten, treffen wir uns bei uns oder bei euch?"

„Bei uns würde ich vorschlagen" sagte Enricos Vater „wir werden uns heimwärts bewegen, das Fest ist für uns gelaufen, ich schäme mich für meinen Sohn."

„Gut." Klaus Vater wandte sich wieder Lothar und seiner Mutter zu „Klaus und Hotta bleiben noch hier, wegen der Siegerehrung, aber Trude und ich werden euch nach Hause begleiten. Ich treffe mich nachher noch mit Enricos Vater, wir haben einiges zu bereden. So weit darf es nicht kommen, dass jemand aus Neid einen ande-

ren verletzt und ihm so erheblichen Schaden zufügt."
Klaus wartete mit Hotta auf die Siegerehrung. Aber das große Glücksgefühl über den Sieg wollte sich nicht so recht einstellen, die Sorge um Lothar überwog alles.
Die beiden Brüder verließen alsbald den Lehmberg. Einige Wummelwürmer blieben noch in Diskussionsrunden zusammen oder reinigten die Raserrillen. Klaus und Hotta wollten wissen, wie es mit Lothar weiterging.
Als sie nach Hause kamen, war nur die Mutter dort, der Vater war schon zur Unterredung mit Enricos Vater unterwegs. Es dauerte lange, ehe er zurückkam. Sie sollten schon ins Bett gehen, ehe er endlich erschien. Natürlich war da an Zubettgehen nicht zu denken.
„Vater, was ist denn nun los, wie geht das denn alles weiter?" Klaus` anfängliche Müdigkeit war wie weggeblasen.
„Erst einmal zu Enrico" antwortete er der wartenden Familie „seine Eltern schämen sich wegen des Verhaltens ihres Sohnes, und ich denke, auch Enrico ist sich seiner Schuld voll bewusst und bereut die Tat."
„Nie, nie bereut der was, der ist so frech, den interessiert das Leid anderer nicht" antwortete

Klaus aufgebracht „den knöpfe ich mir sowieso noch vor, die Schonzeit ist vorbei!“
„Dann bist du genauso ein fieser Kerl“ beschwichtigte ihn sein Bruder „es schlagen nur die Dummen, die keinen Verstand haben, sich mit Worten auseinanderzusetzen.“
„Ich denke, unsere Familien sollten sich einmal zusammensetzen, um dieses Gezeter und Gezänk überhaupt mal aus der Welt zu schaffen, das habe ich auch mit Enricos Eltern so vereinbart. Dass wir das nicht schaffen, darüber mache ich mir keine Sorgen. Sorgen bereitet mir eher der Zustand von Lothars Augen, die nicht wieder in den Kopf zurückschnipsen. Der Doktor ist schon bei ihm gewesen, konnte ihm aber bisher nicht helfen. Es sieht schon beängstigend aus, wie die Augen so lang und dürr aus seinem Kopf herausragen. Für heute hat Lothar ein starkes Medikament bekommen, das ihn seine Schmerzen nicht so spüren lässt, aber das ist natürlich keine Lösung. Die Augen müssen wieder in den Kopf zurück. Ach, der arme Junge, wegen so einer Dummheit ist er nun krank,“ der Vater schüttelte mitleidig den Kopf.
„Papa, von wegen Dummheit, der Enrico ist immer so, den kümmern nicht andere, wenn er nicht das große Maul haben kann und der Erste

ist, dann ist er nicht zufrieden und stänkert rum." Klaus' Augen glühten vor Zorn, „Enrico, zieh dich warm an, jetzt ist Schluss mit lustig."
„Das wirst Du nicht tun" der Vater schaute ihn streng an „wenn du dich genauso benimmst, wie du das bei Enrico kritisierst, dann sage mir mal, inwieweit du dann besser bist."
„Ich will nicht der Bessere sein, ich will, dass dieser miese Enrico mal spürt, wie es ist, wenn man geschlagen und getreten wir, ich bin stärker und ich habe keine Furcht" antwortete Klaus bockig.
„Der Vater hat Recht Klaus, hier sollte man nicht Gleiches mit Gleichem vergelten. Enrico würdest du für einige Zeit zum Schweigen bringen, oder ihn klein halten, aber der eigentliche Grund, den Neid und das Aufeinanderschlagen, das bringst du nicht aus der Welt, wenn du dich so verhältst. Solche Entscheidungen trifft man im Kopf, indem man denkt und überlegt, wie Zwistigkeiten aus der Welt geschafft werden können und wenn die Väter überlegen, wie sie Einfluss auf ihre „kampfbereiten" Söhne nehmen können, dann ist das der erste, richtige Schritt, denke ich", Hotta knuffte seinen Bruder gutmütig in die Seite.
Klaus schaute trotzig aus dem Fenster, er sagte nichts mehr. Er schaute traurig auf seine

Urkunde, die ihm seinen Sieg bestätigte. Wie hatte er dem Rennen entgegengefiebert, eine kurze Freude über den Sieg, und dann dieses Malheur mit Lothar. Klaus holte tief Luft „ich gehe noch ein bisschen an die frische Luft, und vielleicht schaue ich auch noch einmal bei Lothar vorbei." Klaus verließ den Raum und genoss den lauen Abend. Wie schön hätte es sein können, wie schön ... traurig senkte er seinen Blick und wie von selbst kroch er in Richtung von Lothars Haus.

Dort angekommen verharrte er noch ein Weilchen, sollte er vorbei schauen oder nicht. Doch dann entschloss er sich nach dem Freund zu sehen. Er schellte die Glocke und nach einem ganzen Weilchen hörte er ein Geräusch, und Lothars Mutter öffnete ihm mit verweinten Augen die Tür.

„Ach du Klaus, wie schön, dass du noch mal vorbeischaust, er schläft gerade ein bisschen, das Medikament wirkt, und dadurch hat er ein wenig Ruhe", die Mutter wirkte traurig und bekümmert.

„Was hat denn der Arzt gesagt?" wollte Klaus wissen.

„Na ja, er ist wohl ziemlich hilflos. Wenn die Augen nach der Medikamenteinnahme in den nächsten Tagen nicht von allein zurückschnipsen, müsste er wohl operiert werden, ich weiß nicht, ob sie die Teleskopaugen kürzen oder abschneiden, oder ob Lothar nun ganz und gar blind wird, ich weiß gar nichts, nichts ...", die Mutter schluchzte nun hemmungslos und Klaus war wieder erfüllt von Wut und Trauer.

„Aber irgendeine positive Lösung müsste es doch geben." dachte Klaus laut. Er konnte es nicht glauben, dass seinem Freund nicht geholfen werden könnte. Jedenfalls so, dass er wieder ordentlich sehen und die Augen nach ihren Freudensprüngen auch wieder in den Kopf zurückschnipsen. Bei allen anderen Sandulussen klappt es doch auch.

Hab ich jetzt Sandulusse gedacht, überlegte Klaus? Bei allen anderen Wummelwürmern klappt es auch, aber die Lösung liegt vielleicht wirklich bei den Sandulussen, sie haben doch diesem berühmten Professor Rulfi, von dem Dulla ihm erzählt hatte, ob der Lothar operieren könnte, oder gemeinsam mit unserem Arzt, oder ob er raten könnte, oder wie auch immer. „Ich habe vielleicht eine Lösung!" Klaus nahm Lothars Mutter in die Arme und drückte sie glücklich. „Ich habe vielleicht wirklich eine Lösung!" Und damit verabschiedete er sich, nicht ohne vorher noch einen besorgten Blick auf seinen Freund Lothar geworfen zu haben. ‚Lothar', dachte er ‚ich werde dieses waghalsige Unterfangen wagen, für dich, mein Freund.', und er begab sich eilig nach Hause.

Als Klaus zu Hause ankam, war die ganze Familie beim Essen.

„Wir haben nicht auf dich gewartet, wir dachten uns, du wolltest mit dir allein sein und deine Gedanken ordnen", die Mutter schaute ihn fragend an.

„Ich war bei Lothar, das heißt, bei seiner Mutter und habe mich nach seinem Befinden erkundigt. Er schlief, und die Mutter machte einen bekümmerten Eindruck, die Sorge um ihren Sohn drückt sie ziemlich nieder. Auch die Auskunft des Arztes ängstigt sie, der meinte, eventuell operieren zu müssen, um die Augenstängel zu kürzen, was vielleicht mit einer Blindheit von Lothar enden könnte."

„Das wäre ja schrecklich" rief Klaus Mutter, und alle hörten augenblicklich mit dem Essen auf und schauten Klaus erschrocken an.

„Aber ich habe vielleicht eine Lösung" Klaus schaute zaghaft in die Runde.

„Du hast eine Lösung?" fragte zweifelnd Vater Paul.

„Ja, es ist ein bisschen gewagt, aber ich denke trotzdem, dass ich Chancen hätte“, Klaus setzte sich zu ihnen an den Tisch und nahm lächelnd ein Glas.
„Na, dann lass mal hören“ alle Familienmitglieder schauten erwartungsvoll auf Klaus.
„Ich, ähm ..., ich weiß von einem berühmten Professor bei den Sandulussen, mit ihm möchte ich sprechen, um ihm von Lothars Erkrankung zu berichten, vielleicht kann er raten, vielleicht kann er sogar helfen, richtig helfen.“ Klaus hatte den Kopf gesenkt und wagte nicht, seine Familie anzuschauen. Hätte er es getan, er hätte in entsetzte Gesichter geguckt.
„Das kann doch nicht wahr sein, das kann doch wirklich nicht wahr sein, dass du auf so einen Blödsinn kommst. Du willst zu unseren ärgsten Feinden gehen und die um Hilfe bitten, zu Sandulussen, die uns bei jeder sich bietenden Gelegenheit tot kitzeln?“ der Vater schnaufte vor Zorn.
„Und denen wir bei jeder sich bietenden Gelegenheit ihre Regenbogenäpfel klauen und alles kaputtmachen“ antwortete Klaus nun auch ganz zornig.
„Vergreif dich nicht im Tone!“ Klaus Vater begann sich aufzurichten, und Klaus wusste, was das

hieß, im Extremfall drei Stunden Kartoffelacker durchfurchen und Ordnung machen.
„Nun streitet mal nicht gleich über ein Thema, über das es sich zu unterhalten lohnt“ Vater Paul schaute auf seine Frau Trude, die hier vermittelnd eingegriffen hatte.
„Ach, sieh mal an, du bist auch auf seiner Seite, die paktierst im Geheimen wohl auch mit diesen Sandulussen. Ich bin froh, dass wir an dieses Pack nicht unseren Sohn verloren haben, dass glückliche Umstände ihn wieder nach Hause geführt haben, und jetzt will dieser Dummkopf sich freiwillig wieder in Gefahr begeben, man kann es nicht fassen!“
Dem Vater war anscheinend sein Appetit vergangen, denn er hatte in seiner Erregung sein Besteck hingelegt und schaute immer zorniger seine Familie an.
„Vater, ich denke auch, Klaus Vorschlag wäre eine Überlegung wert“ ließ sich nun Hotta vernehmen.
„Ach, eine Familienverschwörung,“ der Vater war nun vollends im Brass.
„Nein, eine Überlegung in der Familie, wie am besten dem kranken Lothar geholfen werden kann, und da sollten alle Register gezogen werden, und ich finde es gar nicht verkehrt, wenn Klaus die Sanmdulusse mit in die Überlegung

einbezieht, vielleicht kann Professor Rulfi wirklich mehr als unsere Ärzte, und außerdem haben sie unseren Klaus unbeschadet ziehen lassen. Warum sollten wir nicht einmal versuchen, miteinander zu reden, was spricht dagegen Paul, deine Sturheit?“ Die Mutter war nun auch ein bisschen in Rage gekommen.

„Meine Sturheit???????“ der Vater wurde immer lauter und wütender. „Ich bin hier besorgt um meinen Sohn, und das wird mir als Sturheit ausgelegt, von meiner eigenen Frau? Ich kanns nicht fassen“. Der Vater stand wütend auf und riss dabei seinen Stuhl um.

Er rutschte aufgeregt im Zimmer hin und her „die ganze Familie ist gegen mich, und dabei versuche ich nur, sie zu schützen. Ich spreche aus Erfahrung, wenn ich euch vor den Sandulussen warne, wenn ich euch erzähle, dass schon mein Großvater, mein Urgroßvater und ganze Familien der Wummellwürmer von den Sandulussen ausgelöscht wurden,“ er schüttelte ungläubig mit dem Kopf.

„Und umgekehrt ist es sicherlich genauso“, Klaus wagte diesen verwegenen Vorstoß gegen die Argumente des Vaters.

„Was weißt du denn schon?“ der Vater schaute ihn scharf an.

„Klaus meint sicherlich, dass wir den Sandulussen auch geschadet haben, dass wir auch welche von ihnen töteten, wenn wir in ihr Reich gingen, um uns die Regenbogenäpfel zu holen, hast du daran auch schon mal gedacht, was wir dort anrichten?“ sprang die Mutter mit Worten ihrem jüngsten Sohn bei.
„Ach“, der Vater machte eine wegwerfende Handbewegung.

„Also, wenn ich auch einmal etwas sagen darf“ meldete sich jetzt Hotta zu Wort, wir streiten uns hier, wer wem mehr Schaden zugefügt hat, wir den Sandulussen oder die Sandulusse uns. Fest steht doch, dass wir bei den Sandulussen eindrangen, und ohne Überlegung bei ihnen Schäden anrichteten und sicherlich auch welche von ihnen tot walzten, wenn wir uns den Regenbogenapfelbäumen näherten, und sie versuchten sich zu wehren, und kitzelten uns halt tot, auch ohne darüber nachzudenken, ob irgendwo vielleicht jemand auf seinen Wummelwurmsohn wartete, wie wir auf Klaus. Auch wenn wir seit Generationen nichts miteinander zu tun haben wollen, irgendwann ist immer das erste Mal, und irgendwann sollten wir anfangen. Schließlich geht es hier um die

Gesundheit, um das eventuelle Augenlicht von einem lieben Freund, und dafür, um Hilfe für ihn zu bekommen, sollten uns alte Streitigkeiten nicht hindern, endlich einmal miteinander ins Gespräch zu kommen. Ich finde den Vorschlag von Klaus gar nicht so schlecht, und ich bewundere eigentlich meinen kleinen Bruder, dass er so viel Mut aufbringt, zu den Sandulussen zu gehen, auch wenn da vielleicht jemand auf ihn warten könnte?!“ fügte er augenzwinkernd hinzu.

Die Mutter pflichteten Hotta bei „lasst es uns einmal in Ruhe bedenken. Deine Vorbehalte in Ehren Paul, wir wissen doch, wie besorgt du um unsere Familie bist, aber hier geht es wirklich um eine Hilfe für Lothar, und wenn es bei uns kaum, und bei den Sandulussen eine kleine Chance für seine Gesundung gibt, dann sollten wir sie nutzen. Lasst uns alle darüber schlafen, morgen ist ein anderer Tag, der Zorn und die Empörung werden hoffentlich verraucht sein, und wir können alle einen klaren Gedanken fassen, der in der Hilfe für Lothar mündet.“

„Na gut“ knurrte etwas besänftigt der Vater, „warten wir noch 2 Tage, bis dahin hat sich sicherlich herausgestellt, inwieweit Lothar von unseren Ärzten geholfen werden kann, und wenn es da keine Lösung gibt, dann überlegen wir die Sache mit diesem Sandulus-Professor".

„Wenn ich das noch sagen darf, Papa" warf Klaus ein „wir sollten in diesen 2 Tagen auch überlegen, wie mein Besuch bei den Sandulussen vonstatten gehen sollte, denn wenn wir nach 2 Tagen erst die Reiseüberlegung anstellen, dann vergehen unnötige Tage, die Lothar krank bleibt, und ihm sollte doch so schnell wie möglich geholfen werden. Ich mag mir gar nicht vorstellen, wie schrecklich es sein muss, wenn einem die Augen aus dem Kopf geschnipst sind, und man bekommt wie nicht wieder rein."

„Jetzt haben wir genug geredet, Lothar hin, Lothar her, warten wir ab, und dann wird entschieden." Der Vater kroch in seine Leseecke und nahm unmissverständlich ein Buch in die Hand.

Die zwei Tage vergingen, und bezüglich der Hilfe für den kranken Lothar hatte sich nichts getan. Der behandelnde Arzt war ratlos. Er hatte Medikamente und Cremes verschrieben, die Augen gewaschen, mit Wärme und Kälte behandelt, nichts half. Auch seine hinzugezogenen Kollegen wussten keinen Rat. Es gab schon Fälle bei den Wummelwürmern, wo die Augen her-

ausgesprungen waren, und nicht gleich wieder zurückschnipsten, aber bei Lothar war der Fall schwieriger. Er hatte schon immer ein Augenleiden, häufig waren sie vereitert oder stark gerötet, und er musste oft eine Schutzbrille tragen, aber das Spucken von Enrico auf die Augen hatte sie so stark anschwellen lassen, dass sie einfach keinen Platz mehr in den Augenhöhlen fanden, und deshalb nicht wieder reinschnipsen konnten. Dabei hatte Lothar starke Schmerzen und konnte nur mit Schmerzmitteln ruhiggestellt werden.
Klaus hatte gemeinsam mit seiner Familie die zwei Tage genutzt, zu überlegen, wie er zu den Sandulussen gelangen konnte, ohne dass sie ihn als Eindringling empfingen und ihn eventuell mit ihren langen Stöcken gleich an der Festungsmauer tot kitzeln würden.
Der Vater Paul und sein Bruder Hotta boten sich beide an, ihn zu begleiten, denn vor drei gewaltigen Wummelwürmern hätten die zarten Sandulusse eher Respekt, als wenn da so ein kleines, braunes Wesen angerutscht käme, vor dem sich auch die ängstlicheren Sandulusse weniger fürchteten, und eher zu ihren Kitzelstöcken greifen könnten, um ihn tot zu kitzeln. Aber Klaus lehnte das Angebot der beiden ab.

Er wollte das allein durchstehen. Er verließ sich auf seine zarte Freundschaft mit Dulla, die ganze Familie war nett, und wenn er ihnen sein Anliegen vortrug, er konnte sich nicht vorstellen, dass er keine Hilfe bekäme. Aber erst musste er zu ihnen gelangen, und das war wohl die größte Schwierigkeit.

Klaus erklärte seiner Familie, dass er sich Samstag früh zu den Sandulussen aufmachen wolle, er würde bis an das Tor der Festungsmauer kriechen, und dort nach Dulla und ihren Eltern fragen. „Es sollte mich wundern, wenn mich nicht irgendjemand erkennt“ meinte er zuversichtlich. Sein Vater blieb ein bisschen skeptisch, hatte sich aber auch für den Weg entschieden, den sein mutiger Sohn gehen wollte, und gab ihm vorsichtshalber noch ein paar gute Ratschläge mit auf den Weg.

Zum Abschied umarmten sie alle einander, in der Hoffnung, sich gesund wieder zu sehen. Hotta begleitete seinen kleinen Bruder noch ein Stück durch den Wummelwald. „Bitte kriech zurück Hotta, ich schaffe das allein. Ich will es mir beweisen, dir und den Eltern und allen Wummelwürmern, dass wir so verschiedene Wesen uns friedlich begegnen können. Wenn nicht wir Kinder, wer dann? Ältere, wie zum Beispiel unser Vater, haben oft Vorurteile. Ich habe das nicht, mir sind die Sandulusse ein bisschen fremd, aber ich habe sie kennen gelernt und weiß, dass wir uns vertragen können, wenn wir es wollen. Man muss es einfach nur wollen, so sagst du es doch auch. Und wegen der Hilfe für meinen besten Freund Lothar habe ich den Mut gefunden, die Sandulusse aufzusuchen."

„Vielleicht auch wegen einer gewissen Dulla?" neckte Hotta seinen Bruder.

„Vielleicht ..." Klaus schmunzelte verlegen.

Sie trennten sich in der Hoffnung auf ein baldiges Wiedersehen. Hotta drehte sich um und verschwand im Wummelwald. Zurück ließ er einen Bruder, der Mut und Entschlossenheit hatte und auch gleichzeitig nervöse Furcht zeigte. Es war nicht ungefährlich was er tat, aber es musste sein.

Die anfängliche Forschheit von Klaus wich nach und nach doch einem langsameren Kriechen. Immerhin bewegte er sich seinen Feinden entgegen. Seinen Feinden, die er zwar nicht als Totkitzler kennen gelernt hatte, aber die ihre Kitzelstöcke als Waffe stets griffbereit hatten, um sich gegen aufdringliche Wummelwürmer zu verteidigen. Auch eine kleine Dulla konnte

Klaus wohl kaum vor einem aufgebrachten Sandulus beschützen, der sich durch Klaus' Anblick bedroht fühlte. Aber Klaus musste die Aktion wagen, er war es seinem Freund Lothar schuldig, alle erreichbare Hilfe zu bekommen.
Der Weg durch den Wummelwald kam Klaus gar nicht so lang vor, wie er angenommen hatte, denn schon bald war ein der Ferne die Festungsmauer des Sandulusreiches zu sehen und dahinter die riesigen Regenbogenapfelbäume, deren Kronen bis in den Himmel reichten, und die den Sandulussen auch als Aussichtsturm dienten.
Es dauerte auch nicht lange, da sah Klaus auf der Festungsmauer jede Menge Sandulusse mit wirbelnden Nasen herumlaufen, die ihre Kitzelstöcke schwangen und in seine Richtung schauten.
Er kroch immer langsamer, um den Sandulussen anzuzeigen, dass er in friedlicher Absicht kam. ´Hoffentlich erkennen sie das auch´, dachte Klaus ängstlich, ´zwei kleine Sandulusse mit ihren Kitzelstöcken auf meinem Rücken, den Nabel gekitzelt, und ich bin erledigt´.
Er hielt inne und fing an zu rufen „Dulla ... Duuuuuullla ...!" Das müssen die Sandulusse doch verstehen, dass ich hergekommen bin, und jemanden suche, und meine Absicht friedlich ist, und

er rief wieder, indem er weiter vorwärts kroch „Dulla ..., Duuuulla ..!?“

Schon bald war Klaus so nah an der Festungsmauer, dass er die Gesichter der Sandulusse erkennen konnte, und zum wiederholten Male rief er: „Duuuuullla ..., Dulla??!!“

Als er direkt unter der Festungsmauer stand, und schon einige Sandulusse mit ihren Kitzelstöcken so zielten, dass sie seinen Rückennabel treffen konnten, hörte er eine männliche Stimme: „Warum rufst du nach Dulla, was willst du hier, du bist doch der Wummelwurm, den wir nach dem Überfall haben ziehen lassen .... was treibt dich jetzt zu uns?“

Klaus schaute nach oben „ich möchte mit Dulla sprechen, ich brauche dringend Hilfe“

„Du geh zu deinen Leuten, die sollen dir helfen, mit solchen wie euch wollen wir nichts zu tun haben, hau ab, sonst lernst du unsere Kitzelstöcke kennen.“

„Oh, bitte, ich brauche Hilfe, ich brauche wirklich Hilfe, es ist dringend. Nicht für mich will ich sie, für einen Freund“ flehte Klaus.

„Wir geben Fremden keine Hilfe, wir haben genug mit uns zu tun. Verschwinde hier, sonst setzen wir unsere Stöcke ein, und das dürfte dir nicht gut bekommen.“

„Dulla, ... Dulla!!“ rief Klaus in seiner Not erneut. „Du kannst wohl nicht hören, hau hier ab und schrei nicht rum“ tönte es von der Mauer.

Was sollte Klaus bloß machen? Die Sandulusse, die auf der Festungsmauer waren, ließen scheinbar nicht mit sich reden.
Ich kann doch hier nicht wieder wegkriechen, ohne irgendwelche Hilfe zu bekommen, ich müsste doch mindestens die Chance haben, mit Dulla zu reden.“ dachte Klaus verzweifelt.
´Nein, ich werde hier auch nicht verschwinden, ich bleibe hier an der Mauer liegen, und wenn es mich mein Leben kostet´. Klaus rollte sich ein bisschen auf die Seite, damit sein Rückennabel besser geschützt war und dann legte er sich in Wartestellung. Ab und zu schaute ein Sandulus von der Festungsmauer, ob der Störenfried noch anwesend war. Aber sie dachten sich wohl, dass ihre ausgesprochenen Drohungen, mit ihm nichts zu tun haben zu wollen und ihn im Falle des Falles mit den Stöcken anzugreifen, ihn davon abhalten würden, hier lange auszuharren. Aber sie kannten nicht die Ausdauer von Klaus. Er hatte sich fest vorgenommen, seinem Freund zu helfen, er wollte mit den Sandulussen reden, das müsste doch irgendwie zu machen sein.

Als die Mittagshitze kam, wurde ihm ein bisschen übel. Die Wummelwürmer leben ja in ihrem Wald und mögen die pralle Sonne nicht so sehr, sie müssen sich immer feucht halten, um keinen Schaden zu nehmen. Klaus kroch etwas näher zu einem nahen Busch.

„Guck, der haut endlich ab“ hörte er einen Sandulus.

Aber er haute nicht ab, er packte seine Kartoffelwegzehrung aus und stärkte sich für die nächsten Stunden. Am Spätnachmittag kroch er wieder näher an die Festungsmauer heran, um erneut zu rufen: „Dulla ..., Dullaaaaaaaa!“

„Dieser dumme Wummi gibt nicht auf“, ein Sandulus beugte sich über die Mauer, ein anderer meinte „ich werde mal meinen Stock einsetzen, dann hat er aufgegeben“ und sie lachten hämisch.

Klaus bekam Durst, „bitte helft mir, bitte, bitte helft mir!“ seine Lippen begannen spröde zu werden, und wieder rief er „Dulla ... Dulla!“, aber nichts regte sich, und auch die Sandulusse auf der Festungsmauer begannen ihr Interesse an ihm zu verlieren. Zwei Wachposten blieben dort, die anderen begaben sich nach Hause. Soll doch der olle Wummelwurm dort liegen bleiben, sie ging er nichts an, die Wache achtete auf ihn, kommt er durchs Tor, ist er tot, so einfach wäre das, hatten die Wachleute der Sandulusse beschlossen. Klaus rollte sich unterdessen unter einem Busch zusammen. Ihm war übel, er war durstig, keine Dulla und keine Hilfe in Sicht. Er hatte es sich einfacher vorgestellt zu den Sandulussen zu gelangen. Aber er wollte sich nicht entmutigen lassen, morgen war ein neuer Tag mit neuer Kraft. Traurig und enttäuscht schlief er gegen Mitternacht ein.

Am nächsten Morgen kitzelten ihn die Sonnenstrahlen wach. Klaus rieb sich die Augen und streckte sich, benutzte den Morgentau im Gras als Wäsche, aß den Rest seiner Kartoffeln und begab sich wieder näher an die Festungsmauer heran.
„Da bist du ja wieder, du Wurm!" tönte es von oben herab.
Egal was sie sagen, dachte Klaus, sie reden wenigstens mit mir. „Guten Morgen!" rief er nach oben, „bitte, ich habe gestern schon gesagt, ich bin hier, um mit Dulla zu sprechen, ich brauche dringend Hilfe. Ob denn nicht irgendjemand Dulla verständigen kann?"
Da kann ja jeder kommen, was willste denn von ihr!?" war die neugierige Frage.

„Was quatschst du denn mit dem?" warf ein anderer Sandulus ein, „der soll abhauen, mit solchen Würmern reden wir nicht."
„Der ist aber schon seit gestern Früh hier, und wenn er schlechte Absichten hätte, hätte er sie sicherlich in der Nacht zu verwirklichen versucht. Er war doch schon mal hier, ich glaube, er will wirklich nur mit Dulla sprechen", antwortete sein Kumpel.
„Lass die Finger von denen, wir haben mit den Wummelwürmern nur schlechte Erfahrungen gemacht, schon die letzten Verwüstungen vergessen?, und die Regenbogenapfelernte war zum Teil auch hin."
„Trotzdem tut er mit Leid, wie er da unten so in der Hitze sitzt, ich glaube, dem geht's gar nicht gut."
„Na, dann gießen wir doch mal ein bisschen Wasser auf ihn."
Die Sandulusse entfernten sich kurz, um einen langen Schlauch zu holen, der an einer Wasserleitung angeschlossen war. Sie drehten den Hahn auf, und spritzten mit voller Wucht auf Klaus.
Der schaute verdutzt nach oben, die Erfrischung war ja ganz nett, aber das war ein bisschen zu heftig.

„Hört auf“ schrie er, aber die beiden machten sich einen Spaß daraus, Klaus mit dem harten Wasserstrahl zu treffen und womöglich noch in die Augen. Da die bei den Wummelwürmern ohnehin empfindlich sind, kroch Klaus so schnell wie möglich wieder unter seinen Strauch, um dem zielgerichteten Strahl auszuweichen.
Plötzlich hörte er eine donnernde Stimme „was ist denn hier los?“ und augenblicklich war die Wasserflut beendet.
`Da unten liegt ein Wummelwurm“ hörte er es sagen.
„Und deshalb vergeuden wir hier wohl kostbares Nass?“
„Nein.“
„Na also, dann nehmt wieder eure Stöcke in die Hand und patrouilliert auf der Mauer, ihr seid nicht die Feuerwehr!“
Klaus sah, wie die zwei Sandulusse sich entfernten und ein Sandulus mit weißem Haar sich über die Mauer beugte, um ihn zu betrachten. Dann verschwand der weiße Kopf wieder, und es dauerte ein Weilchen, als sich plötzlich das Tor vorsichtig öffnete, und 5 Sandulusse im Torbogen standen. Einer von ihnen war der Weißhaarige, und die anderen 4 waren mit Kitzelstöcken bewaffnet.

„Komm langsam näher“ rief der Weißhaarige. Klaus gehorchte, und kroch langsam in Richtung des Tores.

„Ich habe schon gestern Abend von dir gehört, aber ich dachte, du würdest von allein wieder verschwinden. Was führt dich zu uns, und warum rufst du so inständig nach Dulla?“

Klaus wollte es nicht, aber ihm traten die Tränen in die Augen. Sie traten ihm in die Augen, weil sich endlich jemand für ihn interessierte, weil ihm endlich jemand zuhören wollte, und weil er eine klitzekleine Chance spürte, sein Anliegen vorzutragen, dass Professor Rulfi eventuell seinem Freund Lothar helfen könnte. Ich bin hierher gekrochen und rufe nach Dulla, weil ich um Hilfe bitten wollte“ Klaus schaute sorgenvoll in das Gesicht des Weißhaarigen und auf die Kitzelstöcke in den Händen der anderen Sandulusse.

„Hilfe von Dulla?“ fragte er ungläubig zurück.

Nein, Hilfe für meinen Freund, aber ich bräuchte Dulla als Vermittlerin, weil ich hier sonst niemanden kenne, und Dulla und ich haben uns schon kennen gelernt. Wir Wummelwürmer sind gegen die Erkrankung meines Freundes Lothar hilflos, und da dachte ich, dass Professor Rulfi ...“

„so, so, unser berühmter Professor soll den Wummelwürmern helfen. Und warum? Aus

Dankbarkeit, weil ihr uns bestehlt und uns alles kaputtmacht?" fragte der Weißhaarige. Aber seine Stimme klang nicht böse, und seine klugen Augen schauten Klaus an.
„Das ist es ja, was ich mit Dulla besprechen wollte, oder besser noch mit den Eltern von Dulla, oder überhaupt mit Professor Rulfi oder mit allen Sandulussen. Mein Freund Lothar braucht Hilfe, er hat kranke Augen, und das könnte nur durch eine Operation wieder in Ordnung gebracht werden sagen unsere Ärzte. Die Ärzte der Wummelwürmer kriegen das aber einfach nicht hin, und da dachte ich an Professor Rulfi, von dem Dulla mir erzählt hat, als ich schon einmal hier war."
Klaus sprach hastig, als hätte er Angst, dass der weißhaarige Sandulus wieder verschwinden könnte und er hätte dann sein Anliegen nicht dringlich genug vorgebracht.

„Nun mal der Reihe nach: ein Wummelwurm braucht Hilfe, und ein Sandulus soll die gewähren, so ist es doch, oder?" der Weißhaarige guckte Klaus fragend an.
„In Kurzform ja", antwortete Klaus „aber ich kann das genauer erklären, wenn man mich nur ließe."

„Wir sollen dich Kind mit uns verhandeln lassen? Der Weißhaarige schaute etwas ungläubig auf Klaus.
„Verhandeln nicht, ich möchte nur fragen, nur bitten, und da ich schon mal hier war, dachte ich, ich wäre der Richtige dafür und habe meine Eltern überredet, mich ziehen zu lassen," Klaus schaute gespannt auf den Weißhaarigen.
„Na, da setzen deine Eltern aber viel Vertrauen in uns, entweder sind sie sehr gutgläubig oder sehr raffiniert." Der Weißhaarige war noch nicht so richtig überzeugt.
„Meine Eltern haben meiner Meinung über die Sandulusse vertraut", widersprach Klaus.
Der Weißhaarige schaute überrascht auf „und die wäre?"
„Die ist gut, fast ein freundschaftliches Gefühl" antwortete Klaus in Gedanken an Dulla.
„Du hast also eine gute Meinung von den Sandulussen?" der Weißhaarige war über die Antwort von Klaus überrascht.
„Seit ich hier gewesen bin und ich versorgt wurde und wieder unbeschadet nach Hause ziehen durfte, obwohl wir die Regenbogenäpfelbäume geplündert hatten und das Land verwüsteten, ist meine Meinung über die Sandulusse eine andere. Ich habe einfach einmal

begonnen, über uns nachzudenken, über uns und unser Verhalten zueinander." Klaus schaute ruhig auf den weißhaarigen Sandulus.
„Du glaubst also nicht, dass wir dir etwas tun könnten?" der Weißhaarige ließ nicht locker.
„Doch, können könnten sie schon, aber sie werden es nicht tun, weil ich weiß, dass die Sandulusse eigentlich nicht böse sind, sondern sich nur gegen uns gewehrt haben. Darum glaube ich auch daran, dass ich hier meine Bitte vorbringen kann, dass Professor Rulfi meinem Freund hilft."
Der Weißhaarige schaute wieder auf Klaus. „So einfach ist das nicht, du weißt, wir müssen beraten, im Rathaus wird der Fall entschieden, und die Entscheidung werden wir dich wissen lassen. Und damit ging das Tor zu, und Klaus war wieder allein vor der großen Mauer.
Er kroch wieder unter seinen Strauch als kleiner Schutz vor Hitze und Regen. Die Nacht würde er also wieder hier verbringen müssen.
Aber die Sandulusse waren auf ihn aufmerksam geworden. Sie hatten mit ihm gesprochen, ohne ihre Stöcke einzusetzen. Morgen würde er Bescheid bekommen, ob es irgendwelche Hilfe für Lothar geben würde. Klaus empfand die Unterredung mit dem Weißhaarigen als kleinen

Sieg, als Sieg der Verständigung, und mit dem guten Gedanken schlief er ein.

Gegen Morgen wurde Klaus von der Sonne geweckt, die warm und freundlich am Himmel lächelte. Das wird bestimmt ein guter Tag dachte er sich, als er sich noch wohlig räkelte. Klaus schaute zur Mauer des Sandulusreiches und sah dort oben nur die Spitzen der Kitzelstöcke, die zwei Wach-Sandulusse trugen. Das sah so lustig aus, dass er lachen musste. Auf einmal waren für ihn die Kitzelstöcke keine gefährlichen Waffen in den Händen der Sandulusse mehr, sondern ein paar Stöcke, mit denen sich allerhand Unfug anstellen lies.
Er machte sich auf und kroch zur Festungsmauer. „Hallo" rief er. Das hallte in der morgendlichen Stille so sehr, dass die Sandulusse erschrocken über die Mauer schauten. Aber dann sahen sie Klaus und winkten. Es hatte sich schnell herumgesprochen, dass vor den Mauern ein Wummelwurm lag, und bisher war man zwar distanziert, aber doch nicht unfreundlich mit ihm umgegangen, bis auf die zwei Sandulusse, die sich einen Spaß daraus gemacht hatten, ihn mit dem harten Wasserstrahl zu bespritzen.

„He Wummi, über dich wird heute im Rathaus beraten, alle reden davon“ rief der eine freundlich. „Ja, sie werden entscheiden, ob unsere Stöcke doch noch in Einsatz kommen, und wir dich ins Jenseits befördern“ meinte sein Kumpel.

„Hör auf zu stänkern“ sagte wieder der Erste, und dann war eine ganze Weile nichts zu hören.

Klaus musste lange warten, der Morgen ging vorbei, die Mittagszeit, Hunger und Durst stellten sich wieder an, aber von den Sandulussen war nichts zu sehen und zu hören. Bis sich endlich gegen nachmittags um vier das Tor öffnete, und der Weißhaarige wieder mit den 4 Bewaffneten erschien.

Und – zur großen Überraschung von Klaus war Dulla mit dabei. Sie strahlte über das ganze Gesicht. „Hey, Klaus, ich wusste, dass ich dich wieder sehen würde, ich wusste es“, und sie lief ohne Angst auf ihn zu.

„Das ist ja lustig, wenn deine Augen so rausschnipsen, wenn man dich da anschaut, muss man einfach lachen, so ulkig sieht das aus“ Dulla lachte und setzte sich zu dem Freund ins Gras vor der Festungsmauer.

„Wegen solcher Augen bin ich hierher gekommen“ sagte Klaus zu ihr, und er erzählte ihr von

Lothar und von der Hilfe, die er bei Professor Rulfi einholen wollte.
„Ich hoffe, dass deinem Freund geholfen werden kann“, meinte Dulla.
„Vielleicht wird uns allen geholfen, wenn wir beginnen, uns freundschaftlich zu begegnen,“ erwiderte Klaus.
Klaus erzählte Dulla vom Rillenraserrennen und von Enrico, der Lothars Erkrankung ausgelöst hatte. “So ein Rillenraserrennen würde ich auch gern einmal sehen“, Dulla schaute Klaus neugierig an. “Dann musst du mal mit zu uns in den Wummelwald kommen, im nächsten Jahr, wenn wieder eins stattfindet“.
„Würde ich gerne mal“, Dulla strahlte Klaus an. „Aber ein bisschen Angst habe ich auch.“
„Brauchst du nicht“, beschwichtigte Klaus Dulla, „es wird dir niemand etwas tun. Nur werden dich viele neugierig anschauen, denn es gibt genug Wummelwürmer, die noch keinen Sandulus gesehen haben.“
Endlich, nach 2 Stunden kam die Delegation aus dem Rathaus vor das Tor und rief nach Klaus.
„Der Fürsprache von Dullas Eltern hast du es zu danken, dass wir folgenden Entschluss gefasst haben: Ihr habt deinen kranken Freund zu uns zu führen und hier, im Sandulusreich wird ein

Platz vorbereitet, auf dem Professor Rulfi deinen Freund untersuchen und eventuell operieren kann. Dein Freund darf von 4 Wummelwürmern begleitet werden, die sich auf vorgezeichneten Wegen bewegen, damit sie bei uns nichts zerstören. In drei Tagen werdet ihr erwartet, bis dahin sind unsere Vorbereitungen abgeschlossen. Auch die, uns entsprechend zu verteidigen, solltet ihr nicht in friedlicher Absicht herkommen."
Klaus strahlte, und konnte sein Glück kaum fassen. Er hatte es geahnt, dass die Sandulusse ihm helfen würden. Nein, wer hatte auf die Güte dieser Wesen vertraut. Auf eine Güte, die in jedem steckt, man muss nur versuchen, die guten Seiten zu wecken, und das war ihm ja offensichtlich gelungen. „Dullla, ich muss zurück, ich muss zurückrasen, jeder Tag ist kostbar, meinem Freund soll schnellstens geholfen werden, und diese frohe Nachricht will ich gleich in den Wummelwald tragen.
Sie lächelten sich zu, und Klaus raste so schnell vorwärts, wie es der Waldweg erlaubte. Und ganz außer Puste kam er zu Hause an.

„So wie ich jetzt außer Puste bin" maulte Monka. „Ich habe keine Lust mehr zu erzählen. Mir tut die Nase weh, die Glieder schmerzen vom langen

Stillsitzen, der Mund ist trocken vom Erzählen, ich will jetzt ausruhen, so wie du das die ganze Zeit machst. Ich bin ein kleiner Sandulus, und der muss auch mal geschont werden!", sprachs, rollte sein Näschen ein und schlief augenblicklich ein.
Och nee, dachte ich, das Ende hätte er mir ja nun auch erzählen können, so kurz vor Schluss einfach müde zu werden. Ich stupste Monka mit meiner Fingerspitze an.
„Lass das, oder ich haue ab", brubbelte Monka schlaftrunken und böse wegen der Störung.
Na, das wollte ich ja auch nicht. Also nahm ich ihn vorsichtig und ließ ihn in meine Jeanstasche gleiten. Da drin ging er nicht verloren und konnte mir auch nicht gleich abhauen. Also räumte ich im Garten alles zusammen und ging auf mein Zimmer. Ich war sogar eifrig, packte meinen Rucksack für den nächsten Schultag und lernte noch 2 Strophen eines langen Gedichtes, das wir für morgen aufhatten. So konnte ich noch ungestört ein bisschen fern gucken, bis meine Eltern kamen.
Meine Mutter staunte nicht schlecht, dass ich bei dem schönen Wetter zu Hause war und nicht mit meinen Freunden im Wald tobte. „Na, heute kein Burgfräulein?" fragte sie mich lächelnd.

„Nee, ich hatte einiges für die Schule zu tun."
„Das sind ja ganz neue Töne an dir," meine Mutter schaute mich überrascht an.
Mein Vater war zum Abendessen mal wieder nicht da. Er arbeitet immer sehr lange im Institut, und an solchen Tagen essen meine Mutter und ich vorrangig Gerichte, die er nicht, wir aber dafür umso mehr mögen. So ist es auch mit Pizza. Meine Mutter hatte für uns beide eine Kleine in den Ofen geschoben, und ich freute mich schon darauf, mir die Pizza mit recht viel Ketchup schmecken zu lassen.
Ich bat meine Mutter, mir die Flasche zu reichen, und mit Schwung wollte ich einen recht großen Klecks auf meinen Teller servieren, der aber leider auf meiner Hose landete.
„Ach du meine Güte" rief ich erschrocken.
„Bleib sitzen" riet mir meine Mutter, damit ich die rote Soße nicht noch in der ganzen Küche verteile, und dann rieb sie mit einem Lappen den ganzen Schmadder von meinem Hosenbein. Und sie rieb so heftig, dass es mich wie ein Blitz durchfuhr, als ich einen kleinen, piepsigen Schrei vernahm.
„Moment" schrie ich und sprang wie wild, ungeachtet ihrer Reibeversuche auf, und rannte auf die Toilette. Tür zu und Sandulus raus, der total

mit Ketchup verklebt war. Seine zarten Ärmchen konnte er gar nicht vom Körper lösen, nur seine Rüsselnase stand, wie eine Pfeilspitze aufrecht und zitterte vor Wut.

„Du wolltest mich umbringen, du wolltest mich auf ganz gemeine Art umbringen“ piepste er mit vor Wut erstickter Stimme.

„Wollte ich nicht, wirklich nicht“, flüsterte ich zurück. „Mir ist das aus Versehen dort raufgekleckst, und meine Mutter hat gerieben.“

„So, so, deine Mutter, die Schuld auch noch auf andere schieben. Wer hat mich denn in diese miefige Jeanshosentasche gesteckt, he, etwa auch deine Mutter?“ Und jetzt beabsichtigst du wohl auch noch, mich durch den Waschbeckenabfluss zu entsorgen was?“

„Nein Monka, bitte versteh mich doch mal, ich lasse jetzt etwas Wasser in die Seifenschale, und dann kannst du dich dort drin säubern, und danach setzt du dich in meine Haare, und da kannst du dann trocknen. Ich denke, du turnst so gern in den Locken?“

Ich versuchte meinen kleinen Freund zu beruhigen.

„Isabell, ist alles in Ordnung?“, meine Mutter klinkte an der Toilettentür.

„Ja, ja Mutti, ich komme gleich.“

„Monka hör zu, du musst in meine Haare, dann gehen wir in die Küche, ich nehme dir noch ein Krümchen zu essen mit, und dann setze ich dich in meinem Zimmer in die Puppenblusentasche, und du kannst schlafen, gut?"

Monka wusch sich unterdessen in der Seifenschale.

Du, beeil dich ein bisschen, sonst wird meine Mutter misstrauisch, was ich hier so lange mache."

„Alles braucht seine Zeit" knurrte er immer noch wütend zurück. Aber endlich war er fertig, ich nahm ihn kurz entschlossen in die Hand, setzte ihn in meine Haare, und lief in mein Zimmer, um meine Jeans zu wechseln. Dann ging ich wieder in die Küche.

„Was war denn mit dir los, du bist ja wie der Blitz in der Toilette verschwunden", meine Mutter schaute mich lächelnd an.

„Ich musste nötig austreten" und dann widmete ich mich wieder meiner inzwischen kalt gewordenen Pizza.

Monka blieb natürlich nicht in meinen Haaren sitzen, sondern lief munter auf meinem Kopf herum und saugte mit seiner Rüsselnase an meiner Kopfhaut. Er wollte mich ärgern, weil ich ihn versehentlich mit Ketchup voll geschüttet hatte.

Ich konnte natürlich mit dem Sandulus auf dem Kopf nicht in Ruhe essen und musste mich laufend kratzen, was meine Mutter dazu veranlasste mit mitzuteilen, dass sie nachher meinen Kopf auf Läuse untersuchen wollte.
„Habe ich bestimmt nicht Mutti, ich habe heute so geschwitzt, bin müde, und darum juckt mein Kopf."
„Sicher ist sicher, iss deinen letzten Bissen, die Pizza ist sowieso schon kalt, und dann gehen wir mal ins Bad und gucken nach."
Obwohl ich mich zu sträuben versuchte, nahm mich meine Mutter kurz entschlossen bei der Hand, und schon waren wir im Bad und mein Kopf wurde ihren kritischen Blicken unterzogen.
Monka hatte zum Glück unsere Unterhaltung mitbekommen und war in mein T-Shirt auf meinen Rücken gerutscht, so dass ich mich weiter am Körper kratzte.
„Weißt du" erklärte mir meine Mutter, „ich hatte vor nicht langer Zeit mal eine Ameise in meiner Kleidung, da habe ich mich genauso verhalten wie du jetzt, oder du hast einen Floh. Fix, zieh dich mal nackig aus, ich will mal schauen.
Schnell war ich aus meinen Kleidern befördert, und meine Mutter begutachtete meinen Körper

und untersuchte ihn auf Flohstiche und suchte die Kleidung nach irgendwelchen Käfern ab, aber sie fand nichts. Wenn die wüsste, dachte ich noch, da stand ich schon unter der warmen Dusche, und meine Kleidung war im Handumdrehen in der fast vollen Waschmaschine gelandet, die meine Mutter gleich einmal anstellte.
„Mutti nicht, was machst du denn, ich hab doch meine Taschen nicht geleert, und da waren ein Taschentuch und Geld drin." heulte ich verzweifelt in der Annahme, dass mein kleiner Sandulus auch in der Waschmaschine verschwunden war und die Seifenlauge und die sich drehende Wäschetrommel ihm nun den Garaus bereiten würden.
„..ja, dann haben wir Pech gehabt, aber wenn sich irgendwelches Ungeziefer in deiner Kleidung versteckt hatte, ist es durch das Waschen verschwunden," erklärte meine Mutter lakonisch.
Das ist es ja, das ist es ja, dachte ich tief bekümmert, und meine hilflosen Tränen flossen mit dem Duschwasser um die Wette.
Lustlos trocknete ich mich ab und schlüpfte in meinen Schlafanzug. Als ich dann meine Brille aufsetzen wollte, sehe ich doch, wie sich etwas Rotes an meinem Brillenbügel. bewegt. Ich

schaue genauer hin, und da erkenne ich doch Monka, wie er fröhlich mit seiner Rüsselnase an meiner Brille herumturnt. Schnell nahm ich Monka und meine Brille in meine Hand und erklärte meiner Mutter, dass ich nun zu Bett ginge, vielleicht vorher noch ein Seitchen lese.
„Na siehst du, jetzt bist du frisch gewaschen, nichts juckt mehr, und mein Bellchen ist wieder fröhlich."
Meine Mutter drückte mich, Gutenachtkuss, und schon war ich in meinem Zimmer verschwunden.

Ich setzte Monka auf meinen Schreibtisch, und dann wollte ich ihm eine Standpauke halten. „Du hör mal Monka, warum hast du mich so geärgert und mich immer in den Kopf gebissen, ich konnte gar nicht ruhig sitzen?" wollte ich wissen.
„Erstens habe ich dich nicht in den Kopf gebissen, und zweitens dachte ich, wenn du mich so verklebst, dann kannst du auch ein bisschen gepiesackt werden, ich hab ja auch gelitten," er rollte seine Nase ein, der kleine Kerl war wütend auf mich.
„Das mit dem Ketchup habe ich doch nicht mit Absicht gemacht, habe ich dir doch erklärt, es

war ein Versehen, und Versehen sind immer entschuldigt", verteidigte ich mich.
„Mit Absicht wäre ja auch noch schöner" empörte er sich „aber das Reiben hat weh getan, und war fast lebensgefährlich für mich, und da habe ich nachher aus Ärger eben mit meiner Nase ein bisschen an deiner Kopfhaut genuckelt," Monka grinste mich frech an.
„Das Reiben hat doch meine Mutter gemacht, und die wusste doch nichts von dir in der Hosentasche, die sah bloß den Ketchup darauf" verteidigte ich mich immer noch.
„Ist ja nun schon gut, das nächste Mal nuckel ich eben ein bisschen auf dem Kopf deiner Mutter", Monka guckte mich wieder keck an und grinste. Ich musste auch grinsen, wenn so ein Krümelchen dich anlächelt, dann muss man das einfach auch machen. „Du bist eine ganz schön kesse Nummer" stellte ich fest.
„I wo, ich wehre mich nur, wenn jemand mich halb zu Tode bringt", er zwirbelte mit seiner Nase.
„Ach Monka", ich schaute ihn ganz verliebt an, wie hätte ich dich vermisst, wenn du auf einmal so verschwunden wärst."
„Einmal werde ich verschwinden, denn ich möchte ja zurück in mein Reich", antwortete er.

„Aber jetzt noch nicht“, protestierte ich gleich, „ich brauche noch deine Ratschläge, und außerdem hast du mir doch noch nicht erzählt, wie es mit Klaus und Dulla und überhaupt mit den Sandulussen und Wummelwürmern weiter gegangen ist. Hast du Lust, es mir jetzt zu erzählen? Anstatt zu lesen könnte ich deiner Geschichte weiter zuhören.“ Ich freute mich schon auf die nette Unterhaltung. Aber Monka verweigerte ein weiteres Erzählen.

„Ich bin zu müde, heute Morgen die Schule, die Landung auf der Glatze deines Lehrers, die stundenlangen Geschichten von den Wummelwürmern, dann der fast geklappte Mord mit Ketchup, nein danke, ich möchte schlafen,“ er rollte seine Nase ein, kletterte in die Puppenblusentasche, und nur wenn man ganz nah heranging hörte man alsbald ein leises, kaum wahrnehmbares Schnarchen. Ich legte mich in mein Bett, zum Lesen hatte ich keine Lust mehr. Ich dachte über den Tag nach, und welche Erlebnisse er mir beschert hatte. Die Sandulusse hatten Recht, die Welt besteht aus vielen Abenteuern, man darf nur nicht wie ein blinder Trampelino darin herumlaufen, dann sieht und erlebt man die Welt viel bunter ..., und genauso müde wie mein kleiner Sandulus schlief ich bald ein.

Der nächste Morgen ging gleich mit Gehetze los. Meine Mutter hatte verschlafen, und so rief sie nur in mein Zimmer „Isabell aufstehen, ich muss schon los, habe verschlafen, mach dir das Frühstück allein, Schulbrote liegen im Kühlschrank“, die Tür klappte, und meine Mutter war verschwunden.
Ich reckte und streckte mich erst einmal, so schnell bin ich morgens auch nicht. Langsam schlich ich ins Bad, um mich zu waschen und anzuziehen, gähnend ging ich in die Küche. Ich nahm mir Müsli und Milch und ließ es mir erst einmal schmecken. Dann dachte ich so bei mir, eigentlich könnte ich doch mit Monka zusammen essen, wenn meine Mutter schon nicht da ist, habe ich durch ihn doch wenigstens Gesellschaft.
Ich ging in mein Zimmer, fasste in die Puppenblusentasche – Monka weg. Er war nicht im Puppenhaar, ich fand ihn nicht auf dem ganzen Schreibtisch - mich durchfuhr ein eisiger Schreck, er hat sich doch wohl nicht in sein Reich verdrückt, ohne sich zu verabschieden? Nach dem Ketchupabenteuer war ihm das hier vielleicht zu viel? Ich war schon ganz aufgeregt, als ich plötzlich eine piepsige Stimme vernehme „und eins, und zwei, und drei, und vier ...“ Monka

hing an meiner Schreibtischlampe und machte Klimmzüge, mit seiner Nase!
Das sah so drollig aus, dass ich in schallendes Gelächter ausbrach.
„Warum lachst du?, fragte er verständnislos „das solltest du auch mal machen".
„Hihi," kicherte ich, „mich mit meiner Nase an die Lampe hängen?" ich prustete los und hielt mir bei der Vorstellung den Bauch vor lachen.
„Doch nicht mit deiner Nase an einer Lampe rumbammeln, dumme Trine, das kannst du mit dem Dingelchen ja gar nicht, ich meinen Frühsport machen", und er turnte weiter.
„Monka, wie nennst du denn das, was du da machst, Nasenzüge?", ich musste wieder kichern.
„Mit Zügen hat das nichts zu tun, die fahren bekanntlich auf dem Bahnhof, was ich hier mache sind Klimmis" antwortete er mir keuchend.
„Aha, Klimmis also, die machst du um dich fit zu halten, ja?" ich belächelte immer noch seine Verrenkungen.
„Natürlich, ich muss mich doch als Späher fit halten, und wenn ich zu Hause in den Regenbogenapfelbäumen hänge, dann brauche ich auch Kraft in der Nase. Außerdem hätte ich sonst

gestern auch nicht so lange hinter deinem Ohr hängen können und von den Wummelwürmern erzählt, da muss die Nase schon trainiert sein," erläuterte er mir sein Tun.
Monka, ich wollte dich eigentlich in die Küche holen, damit wir gemeinsam frühstücken, und dann müssen wir doch in die Schule." Ich schaute ihn erwartungsvoll an.
„Du musst in die Schule", ließ er mich wissen „ich muss nicht, ich kann, wenn ich will, und heute will ich nicht".
„Aber Monka, warum denn nicht, du hast mir versprochen, mich in die Schule zu begleiten, und mir dort zu helfen, falls ich mit den frechen Jungs oder mit Mathe nicht klarkomme, und jetzt kneifst du", ich war traurig und empört.
„Ach, gestern der Tag war so anstrengend, da brauche ich mal eine Pause", er war jetzt dabei seine Rüsselnase kreisen zu lassen. Es war lustig anzusehen, aber seine Weigerung nicht mit in die Schule zu kommen beschäftigte mich mehr.
„Monka, bei euch im Reich gehen die Kinder doch bestimmt auch jeden Tag in die Schule, oder nur dann, wenn sie Lust haben", ich ärgerte mich über seinen Widerstand.
„Natürlich gehen die Kinder jeden Tag in die Schule, sie wollen ja auch klug werden. Aber ich

bin kein Kind mehr, ich bin schon ein Späher, und darum brauche ich nicht mehr jeden Tag in die Schule." Monka schlenkerte mit seiner Rüsselnase und schaute mich an.
„Aber du hast es mir versprochen, und Versprechen hält man ein, und außerdem tut man für Freunde auch Dinge, die einem nicht immer so gefallen, aber die dem Freund hilfreich sind", argumentierte ich gegen seine Unlust.
„Ich habe eigentlich nicht mehr so viel Zeit, mit dir zu diskutieren, ich muss los, also komm." Ich reichte ihm meinen Finger, damit er darauf hinaufklettern konnte.
Zögerlich kam er meinem Willen nach, „und Essen?" seine Kulleraugen rollten.
„Das musst du nun leider unterwegs machen, in meiner Hand, und dann ab in die Haare", widerstrebend ließ er sich darauf ein.
„Weißt du Monka, es ist eigentlich nicht schön, wenn die Freude groß ist, mit einem Freund den Schulweg und den Schulalltag zu teilen, und der Freund ist dann bockig""
"Ich bin nicht bockig, ich bin lustlos, aber die Lust kommt schon wieder, ich merke es, wie sie mir die Nasenspitze kitzelt." Und Monka kletterte geschwind auf meine Brille und kitzelte auch mir die Nase, worüber wir beide lachen mussten.

Vor der Schule war wieder das gleiche Bild wie gestern, die Jungs standen vor dem Schultor und beäugten und hänselten die auf dem Hof stehenden oder vorbeigehenden Mädchen.
„Senk nicht so verschämt den Kopf, Isabell" hörte ich Monka flüstern, schau sie an. Und ich näherte mich der Gruppe von Jungen, an der ich vorbei musste, wenn ich zu unseren Mädchen wollte.
„Na Fliegenschiss, wieder mit Brille anmarschiert" hänselte mich Imbert. Von Feuerwehr sagte er nichts, meine Bezeichnung für ihn als Leichenauto hatte ihm wohl den Spaß daran verdorben, mich als Feuerwehr zu rufen.
Monka flüsterte in mein Ohr, und ich sprach es laut „ja Imbert, mich mögen sogar die Fliegen, dich mag niemand, nicht mal als Fliegenklo, und damit ließ ich ihn stehen.
Hallo Ursel", rief ich, komm wir zwei sind die Schnellsten, weil wir ein Nasenfahrrad haben, und darum gehen wir auch als Erste in die Klasse", und damit hakte ich sie unter und wir betraten gemeinsam das Klassenzimmer.
Die erste Stunde gab's wieder Mathe bei Herrn Schulz: Und zu unserer Überraschung hatte er die Übungsarbeit schon korrigiert, die er heute zurückgeben wollte. Ich war gespannt, ob mein

Üben und Monkas Hilfe mir zu einer guten Zensur verholfen hatten. Und so war es, Herr Schulz blieb mit meinem Heft vor meinem Pult stehen „Isabell, du hast zu meiner grrroßen Überrrraschung eine prrrima Arrrrbeit abgelieferrrt, eine Zwei, ich grrratulierrre!“ und er reichte mir die Hand und übergab mir mein Heft. Ich konnte es wirklich selbst nicht fassen, bis auf drei Aufgaben, die ich ja nicht zu lösen wusste, und bei denen mir auch Monka nicht geholfen hatte, hatte ich alles richtig, und eine dicke, rote Zwei stand in dem Heft. Ich war ganz glücklich und stolz auf meine Leistung. Die Mithilfe von Monka war ganz ausgeblendet.

In diesem Moment entwickelte ich, wenn vielleicht auch unbewusst, so etwas wie Selbstbewusstsein.
Und auf einmal wurde mir auch klar, was Monka mir die ganze Zeit zu vermitteln suchte, dass ich etwas leisten konnte, wenn ich vorher etwas dafür tat. Um Wissen zu haben, muss man lernen. Wenn man lernt, und Wissen hat, fallen einem auch auf freche Anspielungen Antworten ein. Es stimmte, dass nur die Dummen schlagen, die Klugen, Wissenden können Antworten geben, die können alles mit der Sprache regeln.

Ich war glücklich, dass ich das erkannt hatte, und strahlte meinen Lehrer an.
Und er lächelte zurück, und plötzlich fand ich ihn nicht mehr so komisch und mich störte nicht mehr sein rollendes „R“, er war jemand, der mir Wissen vermitteln wollte, und eigentlich ging ich deshalb ja in die Schule, aus keinem anderen Grund.
Die Mathestunde verging mir diesmal wie im Fluge, und auch die Deutschstunde huschte vorüber, nur im Sportunterricht hatte ich wieder so meine Bedenken. Monka klemmte an einer Locke, und wir hatten Purzelbäume zu schlagen. Jedes Mal, wenn ich mich auf die Sportmatte begab und die Rolle machte, begann er vor Freude zu jauchzen, und ich hatte große Sorge, dass ihn irgendjemand hören könnte.
Das passierte nicht, aber auf dem Nachhauseweg war er so aufgedreht, dass er immer noch schrie „und hops, und hops“ wie unsere Sportlehrerin Frau Grams es uns zugerufen hatte. Ursel, mit der ich den Heimweg teilte, blieb stehen und fragte mich „sag mal, hörst du nichts, hier pfeift irgendetwas in der Nähe.“ Ich bleib stehen, und zum Glück blieb Monka da still.
„Ich höre nichts, wer weiß, was das war“ beschwichtigte ich sie. Ich wollte mir schon in

die Haare fassen, um Monka dabei eventuell zu erwischen, aber er war so raffiniert und hüpfte anscheinend von einer Seite auf die andere.
Mich machte das so nervös, dass ich unentwegt meinen Kopf bewegte, und Ursel lakonisch meinte bist ganz schön nervös nicht, oder stört dich die neue Brille?“
„Ja, an das Tragen der Brille muss ich mich erst noch gewöhnen, die stört mich noch ein bisschen.“ schwindelte ich sie an.
„Ging mir auch so, aber du wirst sehen, man gewöhnt sich daran.“
Ich war irgendwie heilfroh, als wir uns verabschiedeten und ich zu Hause war. Dort versuchte ich wieder, Monka aus meinen Haaren zu fischen, aber er versteckte sich immer und machte sich einen Spaß daraus, meinen suchenden Händen auszuweichen.
Er trieb es so lange so bunt, bis ich ganz entnervt drohte „Monka, wenn du jetzt nicht aus meinen Haaren kommst, gehe ich unter die Dusche, und dann spüle ich dich runter“.
Das half, er kletterte auf meine Hand, aber nicht, ohne seinem Unmut dadurch Ausdruck zu verleihen, dass er seine Nase einrollte und ein „Spielverderber“ maulte.

Meine Oma kam alsbald um das Mittagessen für mich zu richten, und als sie nach zwei Stunden wieder die Wohnung verlies hatte ich ausreichend Muße, mich mit Monka zu beschäftigen. Aber mit dem Toben war es bei ihm vorbei, er hatte genug, er trieb mich wieder an die Mathematik, und meine Zwei im Heft spornte mich zum Lernen an. Irgendetwas hatte sich in den letzten zwei Tagen bei mir verändert. Lag es am Erscheinen vom Sandulus, lag es an meiner eigenen Einsicht, ich konnte es nicht sagen.

Diesmal waren meine Eltern beide abends zum Essen anwesend, und so konnte ich beiden die glückliche Mitteilung machen, dass ihre Tochter in Mathe eine Zwei geschrieben hatte. Sie freuten sich sichtlich über meinen Erfolg und mein Vater sagte, dass er der Hoffnung Ausdruck gäbe, dass ich weitere gute Noten folgen lassen würde.
Mein Vater drückte sich immer ein bisschen merkwürdig aus, aber er war ja auch Wissenschaftler, und die sind wohl so. Mein Vater sagte nicht „gib mir mal ne Stulle", mein Vater bat „reich mir mal bitte das Brot". Es war beides dasselbe, aber bei ihm waren es immer ein bisschen mehr Worte. Da haben wir es wieder,

dachte ich, hat man mehr Wissen, hat man auch mehr Worte und schon allein durch viele Worte erscheinen einem Dinge plötzlich viel wissenschaftlicher und gebildeter.

Als ich in mein Zimmer zurückkam, suchte ich zunächst Monka und ich fand ihn in meinem Blumentopf sitzen.
„Was machst du denn in dem Topf“ wollte ich wissen.
„Ich brauche ein bisschen Grün ich habe Sehnsucht nach unseren Bäumen, nach meinem zu Hause.“
Ich war zunächst ganz still, „... kann ich verstehen, aber ich möchte dich ungern ziehen lassen“.
„Aber du kannst mich nicht immer hier behalten, ich gehöre hier nicht her. Ich bin hier zu Besuch, und Besucher reisen auch mal wieder ab“ Monka schaute mich ernst und wie ich meinte ein bisschen traurig an.
„Isabell, ich hatte heute schon keine Lust, mit dir in die Schule zu gehen, aber ich habe es noch einmal gemacht, weil ich dachte, es würde gut für dich sein und dein Selbstbewusstsein stärken. Ich habe gesehen, dass du auf dem Wege dazu bist. Ich habe dir gesagt, was du in man-

chen Fällen machen kannst, aber machen musst du es schließlich allein, und darum kann ich eigentlich zurück in den Wald, zurück in mein Reich."

„Aber du hast mir die Geschichte mit den Wummelwürmern nicht zu Ende erzählt, das müssen wir doch noch machen," ich versuchte, Monka mit dem Erzählen der Geschichte in die Pflicht zu nehmen.

„Das alles noch zu erzählen würde wieder fast einen Tag dauern, und das ist mir einfach alles zu lange, das kann ich dir immer noch irgendwann erzählen."

„Die Sandulusse und die Wummelwürmer haben sich also vertragen, oder sich vertragen gelernt, weil Professor Rulfi Lothar geholfen hat?" bohrte ich weiter.

„Ja, das haben sie, und es gibt sogar gemeinsame Sportveranstaltungen."

„Bitte Monka, erzähle doch!", bat ich.

„Nein, später" war seine ablehnende Antwort.

„Aber du willst doch in dein Reich zurück!", meine Stimme wurde ganz traurig.

„Das heißt doch nicht, dass wir uns nicht wiedersehen-. Du vergisst wohl, wer ich bin, ich bin der tapfere Späher Monka, und ich finde dich immer, wenn ich will."

„Isabell, ich werde bei uns zu Hause vermisst. Stell dir mal vor, du würdest von zu Hause einige Tage wegbleiben, würde dich niemand vermissen, was würde deine Familie tun?“ Monka schaute mich fragend an.
„Meine Familie würde mich sicherlich vermissen, und meine Eltern würden schnellstens die Polizei verständigen, die mich suchen würde“ musste ich zugeben.
„Siehst du, ich werde bestimmt auch vermisst, und die Sandulusse werden aufgeregt auf der Festungsmauer hin und herlaufen und nach mir Ausschau halten, vielleicht sogar andere tapfere Späher aussenden, die mich suchen. Die Zeit ist gekommen, ich muss zurück.“

Mein Herz war bleischwer, als ich antwortete „gut Monka, ich werde dich in den Wald zurückbringen, dort, wo ich dich anscheinend auch gefunden habe, bei den Himbeersträuchern an der alten Ruine. Aber bitte komm morgen noch einmal mit in die Schule, wir haben nur zwei Stunden, Deutsch und Musik, und danach gehe ich nicht erst nach Hause, sondern bringe dich gleich in den Wald.“
Monka schaute mir sekundenlang prüfend ins Gesicht „du wolltest mich schon einmal in den

Wald schaffen, morgen ist es abgemacht. Tust du es nicht, mache ich mich allein auf den sehr, sehr langen Weg, und von den Sandulussen und Wummelwürmern erfährst du dann auch nie wieder etwas, und dein Freund werde ich auch nie wieder werden" drohte er Nase rollend.
„Es ist abgemacht" versprach ich, und Monka berührte mit seinem winzig kleinen Händchen meinen Finger, und als ich ihn anschaute, rollten mir die Tränen.

Besonders gut war nachts mein Schlaf nicht. Ich träumte von Sandulussen, Wummelwürmern und von Herrn Schulz, auf dessen Glatze die Sandulusse Rollschuh liefen.
Am Morgen saß mein kleiner Freund wieder in meinen Haaren. Wir waren ein bisschen spät dran. Ich hatte gerade das Klassenzimmer betreten, meinen Pultplatz eingenommen, als die Deutschstunde begann. Lesen war angesagt, das konnte ich recht gut und mochte es dementsprechend gern.
Ich kam auch dran, eine Textstelle laut vorzulesen, als ich merkte, wie Monka sich hinter meinem Ohr zu schaffen machte. Das Krabbeln machte mich so nervös, das ich mich laufend verlas, und meine Lehrerin bemerkte, dass das

auch schon besser geklappt hätte. Was mich natürlich mächtig ärgerte, denn ich galt als gute Leserin, da war ich weitaus besser als in der Mathematik.
Ich langte hinter mein Ohr und hatte Monka zwischen meinen Fingern. Einmal richtig zudrücken, und aus wäre es mit ihm gewesen. Aber er brüllte so laut, dass meine Lehrerin aufsah und zu mir an die Bank kam „was sind denn das hier für seltsame Töne? Isabell du musst hier nicht gleich launisch herumpiepsen, nur weil ich mit deinem Lesevortrag nicht zufrieden war“, rügte sie mich.
Ich hatte Monka längst losgelassen und schaute starr auf meine Lehrerin, weil Monka wieder an meinem Kopf herumsaugte. Das hatte mir auch noch gefehlt, dass ich in meinem Lieblingsfach zurechtgewiesen werde.
In der Pause rannte ich wieder auf die Toilette „Monka, musst du mich denn an unserem gemeinsamen letzten Schultag so ärgern. Ich konnte gar nicht lesen, weil die hinter meinem Ohr so rumgehampelt hast.“
„Ich habe nicht rumgehampelt, ich suchte mir eine dicke Locke zum Dranhängen, ich wollte nicht wieder bei irgendeinem Lehrer auf dem Kopf landen, und du fasst mich so doll an, dass

ich nur noch schreien konnte, sonst hättest du mich umgebracht. Und weil du so gemein warst, hab ich ein bisschen auf deinem Kopf rumgenuckelt."

„Aber jetzt lässt du das bitte, wir haben jetzt Musik, und falls ich vorsingen muss, kann ich nicht so rumhampeln, unsere Lehrerin, Frau Steinschneider ist streng, da fängt man schnell eine Vier."

„Ich werd mich schon benehmen, ich hab ja jetzt die dicke Locke hinterm Ohr gefunden." Monka hängte sich mit seiner Nase dran, und ich spürte nur ein leises Wedeln, so, als ob der Wind die Haare bewegte.

Wir waren im Musikzimmer, Frau Steinschneider betrat den Raum, und richtig vermutet, Isabell Buchholz wurde zum Vorsingen aufgerufen. Ich musste mich vorn hinstellen und schaute in die ein bisschen schadenfroh grinsenden Gesichter unserer Jungs. „Das Wandern ist des Müllers Lust" war angesagt, und ich begann auch ganz mutig und richtig, als ich hinter meinem Ohr meinen Sandulus höre „das wan-dern ist des Mül-lers Lust" Monka sang das Lied mit, aber im Walzertakt. Das brachte mich so durcheinander, das ich dieses Wanderlied auch im Walzertakt vortrug, es nicht einmal merkte, und die ganze

Klasse sich vor Lachen bog. Nur Frau Steinschneider konnte nicht lachen." Isabell Buchholz, zum Faxen machen bist du nicht hier. Du solltest ein Wanderlied vortragen, keinen Walzer. Von einer schlechten Benotung werde ich absehen, aber einen Eintrag ins Hausaufgabenheft werde ich machen, den deine Eltern bitte unterschreiben."
Und in meinem Hausaufgabenheft stand dann, dass ich die Unterrichtsmethode, was immer das sein mochte, von Frau Steinschneider lächerlich gemacht hätte.
Ich hatte eine Wut. Nicht nur, dass alle über mich lachten, ich hatte auch noch diesen blöden Eintrag, den meine Eltern unterschreiben sollten. Gestern erfreute ich sie mit der Mathe-Zwei, und heute nun das, es war zum Heulen. Dabei war ich doch auf dem besten Wege mein Schülerinnendasein in den Griff zu bekommen, nun wieder dieser Rückschlag, und das alles wegen des dussligen Sandulus.
Ich ertappte mich dabei, dass ich wieder mit üblen Schimpfwörtern anfing, aber so ist das eben manchmal, wenn man Wut hat, selbst wenn man es anders möchte, es rutscht dann einfach so raus und ist da.
Als die Schule aus war, ging ich mich erst einmal auf der Toilette verstecken, damit Ursel

nicht auf mich wartete, und die andern schon gegangen waren und mich nicht noch hänseln konnten.

„Walzertakt, Walzertakt" brummelte ich. Ich schloss mich in einer Toilette ein und wartete, bis die Schulglocke zur neuen Stunde schellte. Keiner war mehr im Raum, jetzt konnte ich mit Monka zetern.

„Monka, das war gemein, du hast mir den ganzen Schultag verdorben. Ich dachte, du bist mein Freund und willst mir immer helfen. Stattdessen hast du mich gestört und mich lächerlich gemacht."

Ich holte Monka auf meine Hand, um ihm bei meiner Standpauke auch ins Gesicht zu sehen.

„Ich habe dich nicht absichtlich gestört, sondern im Deutschunterricht hinter deinem Ohr die dicke Locke gesucht, und das hat dich vielleicht ein bisschen gekrabbelt, Entschuldigung.

Und im Musikunterricht hab ich dann auf der Locke gesessen und im Rhythmus geschaukelt, und im Wanderrhythmus kann man nicht schaukeln, da muss man einfach Walzermusik machen, was wir dann ja auch beide taten. War doch eigentlich lustig, alle haben gelacht und sich gefreut, nur deine Steinschleuder nicht."

„Sie heißt Steinschneider, und sie hat mir auch noch einen Eintrag gegeben, den meine Eltern zu unterschreiben haben."
„Weißt du Isabell, wenn du deinen Eltern das Wanderlied im Walzertakt vorsingst, werden sie sich auch freuen und den Eintrag ohne zu murren unterschreiben. Deine Lehrerin ist nicht sehr lustig."
„Ich jetzt auch nicht" maulte ich noch ein bisschen rum.
Und dann lud ich schweren Herzens meinen Rucksack auf den Rücken und ging in Richtung meines Heimes, die Allee entlang in den Wald. Meine Beine waren schwer, mein Herz war schwer, es war kein schöner Tag für mich.
Es war ein strahlend blauer Himmel, als ich an die alte Ruine kam. Die Himbeer- und Brombeersträucher standen wie immer. Sie streckten sorglos ihre Äste in den schönen Tag.
„Hallo begrüßte ich sie, hier ist das Burgfräulein Amelie, oder Emil, oder Feuerwehr oder Fliegenschiss, hier ist ein trauriges Mädchen" und ich suchte in meinen Haaren nach Monka.
Und ich fand ihn und setzte ihn auf meine Hand und schaute in sein kleines, liebes Gesicht. Sein Rüsselnäschen hing traurig herunter. Er wollte zwar zurück in sein Reich, aber der Abschied

fiel ihm auch sichtlich schwer. Und plötzlich rannte er von meiner Hand, lief den Arm hinauf in mein Gesicht, und seine kleine Rüsselnase saugte sekundenlang an meiner Lippe.

„Leb wohl Isabell, du weißt, wenn wir Sandulusse uns mögen, verknoten wir unsere Nasen miteinander. Du hast leider nicht so eine Nase, aber ich mag dich. Ich gehe jetzt zurück, aber du weißt doch, ich werde dich finden, immer, wenn ich es will!"

Und damit lief er augenblicklich an mir herunter und war unter Gras und Blättern verschwunden. Das ging so schnell, ich konnte es gar nicht fassen. Ich suchte ihn und rief seinen Namen, aber nichts rührte sich mehr.

Ich verharrte noch eine ganze Weile im Wald, immer in der Hoffnung, Monka könnte noch einmal auftauchen, aber meine Hoffnung und mein Wunsch wurden nicht erfüllt. Ich weinte große Krokodilstränen und ging schluchzend nach Hause, und ich war froh im Wald zu sein, wo mich niemand weinen sah.

Als ich zu Hause ankam, war meine Oma schon in der Wohnung. Sie schaute mich an „bist du krank, du siehst so verschnupft aus?"

„Nein, Oma, aber ich fühle mich nicht richtig wohl."

„Na, dann leg dich mal ein bisschen hin, vielleicht brütest du was aus."
Das hatte ich schon einmal gehört. Und wie unter Zwang machte ich meine Brotdose auf und suchte nach Monka, dem Sandulus, aber niemand war zu finden, und ich war schrecklich einsam.

Die Autorin

Hinter dem Namen Sandra M. Paul verbirgt sich ein Autorenduo, das hier sein Erstlingswerk vorstellt.
S.M.P. studierte, lebt und arbeitet in Leipzig.